走进宁波物流

闵亨锋 主编

周昌林 主审

清华大学出版社

北京

内容简介

本书通过全景式描述，展现了宁波东方大港的魅力。书中围绕港口物流，介绍了宁波物流发展的历史；通过大量图片和图表，对宁波海洋运输、内河运输、铁路运输、公路运输、航空运输、管道运输、第四方物流、物流产业与物流人才培养等相关内容进行了生动的讲述。本书在介绍宁波物流的同时，对相关专业知识进行了有机渗透，既为普通读者扫清了专业术语的障碍，又为学生读者系统梳理了物流专业知识。

本书特别适合研修物流专业的大学生和职业院校学生学习使用，也适合学校作为专业认知教材使用，还可以作为宁波市民的普及读本。对将在宁波投资、就业、旅游等广大读者，本书可以为您提供最具价值和全方位的宁波物流资讯。

图书在版编目（CIP）数据

走进宁波物流 / 闵亨锋主编 .—北京：清华大学出版社，2011.8
ISBN　978-7-302-26340-1

Ⅰ．①走…　Ⅱ．①闵…　Ⅲ．①物流 – 经济使 – 宁波市　Ⅳ．① F259.275.53

中国版本图书馆CIP数据核字（2010）第155008号

责任编辑：田在儒
责任校对：刘　静
责任印制：王秀菊
封面设计：桂志华
出版发行：清华大学出版社　　　　　　　　　　地　　　址：北京清华大学学研大厦 A 座
　　　　　http://www.tup.com.cn　　　　　　邮　　　编：100084
　　　　　社　总　机：010-62770175　　　　邮　　　购：010-62786544
　　　　　投稿与读者服务：010-62776969，c-service@tup.tsinghua.edu.cn
　　　　　质　量　反　馈：010-62772015，zhiliang@tup.tsinghua.edu.cn
印　装　者：北京国马印刷厂
经　　　销：全国新华书店
开　　　本：185×260　印　张：10.75　字　数：243 千字
版　　　次：2011 年 8 月第 1 版　　印　　次：2011 年 8 月第 1 次印刷
印　　　数：1～3000
定　　　价：19.80 元

产品编号：040191-01

《宁波职教地方特色教材》编委会

序

新春伊始，首批39种宁波市中等职业教育地方特色教材终于开发完成。历时一年，终结硕果，实在令人欣喜。

地方特色教材是中等职业教育改革的成果反映，是宁波市中等职业教育课程改革持续推进的重要途径。地方特色教材的开发研究，促进了中等职业教育与宁波市社会发展、主导产业、地方文化的结合；地方特色教材的着力打造，实现了学校、企业、行业优势互补，资源共享。

首批开发完成的宁波市中等职业教育地方特色的教材中，专业拓展类教材占了相当的比重。此类教材以教学大纲和教学计划为依据，以专业核心课程为基础，以学生就业所需的专业知识和技能为着眼点，通过拓展、延伸，反映了契合地方产业特点的新知识、新技术、新工艺，加深对基础理论知识及基本技能的理解和掌握。

技能培训类教材是本次开发教材的一大亮点。此类教材填补了国规教材的空白，贴近地方实际、紧扣就业岗位，根据社会对劳动者的素质要求，体现所对应岗位群的技能要求，充分运用多媒体技术，适用于在岗位上进行现场教学，有利于培养学生的动手能力。

创业教育是职业教育的重要内容，我们欣喜地看到本次开发此类教材也崭露头角。它们以培养学生的创业意识和创业能力为核心，探索创业教育的课程试点，组织创业实践活动，促进学生职业生涯发展。

提升学生的文化素养是职业教育的重要目标。为数不少的地方文化类教材积极研究宁波地方文化的教育功能，针对学生的实际文化程度和个性发展需要，发挥了地方文化的传承功能、德育功能、美育功能。

地方特色教材开发研究不仅在研究内容上有所创新，研究过程本身也积累了可供借鉴的经验。

一是初步形成了地方特色教材开发研究工作模式。在一年的开发研究周期里，职成教教研室组织了三次课程开发与教材编撰专题研讨会；与有关行业组织就教材开发有关问题合作研究；与教育行政部门、高职院校和出版社保持密切联系。这种综合化的开发过程在今后的同类研究中还可以进一步借鉴与完善。

二是搭建了特色教材开发研究平台。特色教材研发平台是教师专业发展的平台，在这个平台上有教学一线的教师和学校教学管理者，有相关行业的技术专家，有职教课程研究专家，他们在一起研究问题，使我们的教师突破了自我封闭状态，促进了专业提

升，提高了专业教学水平。

第一批39种地方特色教材凝聚了作者的智慧和辛劳，翻开一页页体例新颖、图文并茂、行文流畅的文稿，让我们倍感欣慰。以教育行政部门立项，教研部门指导，学校教师积极参与，成批量研发特色教材在我市中职领域还是第一次，有第一次破题，就有第二次、第三次的拓展。

今年是"十二五"的开局之年，我们要趁势而上，紧紧抓住职业教育改革与发展的主题，为建设宁波特色的职业教育作出新贡献。

《宁波职教地方特色教材》编委会
2011年4月

前　言

本书是一本全方位介绍宁波物流过去、现在和未来的通识性读本。它对宁波物流的历史、港口、海运、公路运输、铁路运输、航空运输、第四方物流、物流行业与人才培养等11个篇章进行了系统而全面的介绍。通过阅读本书，读者可以较为清晰地了解宁波物流环境和产业背景。

本书在体例编写上有着鲜明的特点。各篇章由"视角360"、"聚焦精彩"、"采撷芳华"、"回眸一瞥"四个板块构成。"视角360"板块概括性地介绍了宁波物流各个领域的发展情况和发展环境。"聚焦精彩"板块重点介绍本篇章中宁波物流领域最具特色、最有代表意义的内容、事件等。"采撷芳华"板块结合本篇章宁波物流领域的介绍，简单进行物流知识性介绍，使读者能够更深入地理解上述内容，达到知识注解性目的；同时，也是对初学物流专业的学生进行专业认知教育。"回眸一瞥"板块通过问题创设、表格填制等互动环节，让读者加深本篇章学习的印象；对于读者来说，起到了温故知新、自我反思的作用。

本书图文并茂，运用了大量的图片资料进行补充性介绍，达到了视觉阅读过程中美不胜收、引人入胜的效果，从而可有效地消除文字阅读的视觉疲劳。在各板块中也插入大量的补充阅读材料，并通过"寻思漫步"、"指点迷津"、"知识链接"、"想一想"、"做一做"、"快照浏览"、"清点收获"、"晨思暮问"等形式进行知识的充分内化。

时值春令，草长莺飞，《走进宁波物流》在各位作者的共同努力下终于完稿。一年多以来，本书在编写过程中历经艰辛，编者查阅了大量资料，走访了宁波多家物流企业、物流行业和政府部门，收集了最新、最全的宁波物流方方面面的资料。在此对为编写本书提供宝贵资料的各单位致以崇高的敬意！

特别荣幸的是，宁波现代物流规划研究院副院长、教授、博士后周昌林先生担任了本书的主审，为本书提出了非常重要的修改意见，把好了本书最后一道质量关，在此表示最真诚的谢意！

本书的编写得到了宁波市教育局的专项经费资助和宁波市教育局职成教教研室的大力支持和指导，在此一并表示感谢！

本书由宁波市教育局职成教教研室闵亨锋进行整体策划、统稿、修改，并具体编写了第一、二篇；张洪峰编写了第六、八、九篇；谷家红编写了第三篇；余宝剑编写了第十、十一篇；倪君海编写了第四篇；周群编写了第五篇；吴丹辉编

写了第七篇。

　　本书在编写过程中引用了许多新闻稿资料、会议资料和文献资料，在参考文献中将一并注明，如有遗漏，敬请谅解！本书由于涉及内容广、行业跨度大，加之编者的学识和眼界有限，难免有所纰漏，诚望专家学者批评指正！也恳请读者对本书提出宝贵意见，以便我们不断完善！

编　者

2011年7月

目　录

第一篇　东方大港　魅力城市
——走进物流

视角360

一、东方大港神韵

　　这是一条连接全球的黄金海岸！这是一个创造奇迹的地方！这是一个迅速崛起的世界一流大港！

　　宁波港（图1-1）地处中国内地海岸线中部，长江发展轴和沿海发展轴的T形结构交汇点上（图1-2），地理位置适中，是中国内地著名的深水良港。宁波港自然条件得天独厚，内外辐射便捷。向外直接面向东亚及整个环太平洋地区。海上至中国香港地区、中国台湾地区的高雄、釜山、大阪、神户均在1000海里之内；向内不仅可连接沿海各港口，而且通过江海联运，可沟通长江、京杭大运河，直接覆盖整个华东地区及经济发达的长江流域，是中国沿海向美洲、大洋洲和南美洲等港口远洋运输辐射的理想集散地。宁波港水深、流顺、风浪小。进港航道水深在21.1米以上，能航行、停泊和装卸世界上各种类型的超大型船舶，年可作业天数达350天以上。可开发的深水岸线达120千米以上，具有广阔的开发建设前景。北仑港区北面有天然屏障——舟山群岛，在北仑港区建码头无须修建防浪堤，投资少、效益高，且深水岸线后方陆域宽阔，对发展港口堆存、仓储和滨海工业极为有利。

图1-1　宁波港远眺

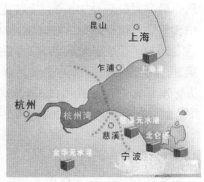

图1-2　宁波主港区地理位置

宁波港由北仑港区、镇海港区、甬江港区、大榭港区、穿山港区、梅山港区、象山港区、石浦港区组成，是一个集内河港、河口港和海港于一体的多功能、综合性的现代化深水大港（图1-3）。主要经营进口铁矿砂、内外贸集装箱、原油成品油、液体化工产品、煤炭以及其他散杂货装卸、储存、中转业务（图1-4）。2009年宁波沿海共有泊位315个，设计年通过能力31 098万吨，其中集装箱设计年通过能力795万TEU。其中万吨级以上深水泊位60座。最大的有25万吨级原油码头，20万吨级（可兼靠30万吨船）的卸矿码头；也拥有第六代国际集装箱专用泊位以及5万吨级液体化工专用泊位；已与世界上100多个国家和地区的600多个港口通航。

图1-3　恢宏的宁波港口　　　　　　　　　图1-4　繁忙的集装箱堆场

2004年4月8日，按照国务院、交通运输部和省市有关港口体制改革的文件精神，宁波港务局实行政企分开，成立了宁波港集团有限公司；2008年3月31日，宁波港集团有限公司作为主发起人联合7家单位发起创立了宁波港股份有限公司，标志着宁波港在建立现代企业制度方面迈出了重要的一步，同时也为港口发展注入了新的生机和活力。2008年，宁波港以"强港报国、服务世界"为己任，坚持科学发展观，抢抓新机遇，迎接新挑战，坚定不移抓发展，开拓创新求发展，提前两年全面实现了"二次创业"目标，全港货物吞吐量完成3.62亿吨，继续保持内地港口第2位；集装箱吞吐量突破1000万TEU，完成1084.6万TEU，位居世界港口第8位。2009年新辟集装箱航线6条，累计216条，其中远洋干线113条，近洋支线51条，内支线20条，内贸线32条。月均航班908班，最高月航班达955班。宁波港已基本形成高速公路、铁路、航空和江海联运、水水中转等全方位立体型的集疏运网络。

2009年宁波港完成港口货物吞吐量3.8亿吨，比上年增长6.1%，继续居中国内地港口第2位，全球第4位，其中外贸货物吞吐量1.8亿吨，增长7.6%。集装箱吞吐量再次跨上1000万标准箱大关，完成1042.3万标准箱，比上年下降3.9%，降幅低于全国沿海港口平均水平，继续保持全国内地沿海港口第4位，其中9月份创下104.8万标准箱的月度历史新高。

2010年宁波港完成港口货物吞吐量4.1亿吨，比上年增长6%，集装箱吞吐量达到1300.1万标箱，突破历史纪录。

在此基础上，宁波港全面启动"强港工程"建设，将经过未来7年的努力向"强港"目标奋进，力争在2015年建成国际一流的深水枢纽港，打造我国重要的现代港口物流中心。

二、宁波魅力风采

书藏古今，港通天下。这是宁波港城特有的文化底蕴与独特的自然经济条件的写照。

宁波辖海曙、江东、江北、镇海、北仑、鄞州 6 个区，宁海、象山两个县，慈溪、余姚、奉化 3 个县级市（图1-5）。共有 78 个镇、11 个乡、63 个街道办事处、548 个居民委员会和2558 个村民委员会。全市面积 9817 平方千米，571.02 万人口。

宁波市地势西南高、东北低。市区海拔4~5.8米，郊区海拔为3.6~4米。地貌分为山地、丘陵、台地、谷（盆）地和平原。全市山地面积占陆域的24.9%，丘陵占25.2%，台地占1.5%，谷（盆）地占8.1%，平原占40.3%。

图1-5 宁波行政区划图

宁波有漫长的海岸线，港湾曲折，岛屿星罗棋布。全市海域总面积为9758平方千米，岸线总长为1562千米，其中大陆岸线为788千米，岛屿岸线为774千米，占全省海岸线的三分之一（图1-6、图1-7）。

图1-6 宁波三江口风景

图1-7 宁波市区夜景

产业结构：2010年实现地区生产总值5125.8亿元，按可比价计算同比增长12.4%。其中，第一产业实现增加值218.4亿元，增长3.7%；第二产业实现增加值2848.2亿元，增长13.6%；第三产业实现增加值2059.2亿元，增长11.6%。

经济主体结构：2009年全市实有私营企业114 426家，注册资本1310.8亿元；实有有限责任公司831家，注册资本136.7亿元；新登记个体工商户54 436户，资金额28.8亿元。

2010年全市实现口岸进出口总额1613.4亿美元，同比增长38.0%。外贸自营进出口总额突破800亿关口，达829.0亿美元，增长36.3%。其中出口519.7亿美元，增长34.5%；进口309.3亿美元，增长39.6%。

宁波是一座美丽的港口城市，也是一座历史文化名城，更是有着丰富资源的著名旅游城市。她古色古香又富有动感，大自然的天趣与都市的跃动融为一体……"东方

大港，河姆文化，名人故居，儒商摇篮，佛教胜地"，宁波的山山水水各显神姿、引人入胜：蒋氏故里溪口雪窦山是国家级风景名胜区，有幽谷飞瀑雪窦山，壁立千仞千丈岩；东钱湖有"西子风韵，太湖气魄"（图1-8）；松兰山一湾金沙梦系蔚蓝；天明山南溪温泉晶莹可人；海防遗址招宝山英气勃勃；还有千年保国寺、书藏古今的天一阁（图1-9和图1-10）……

图1-8　美丽东钱湖

图1-9　千年保国寺

图1-10　书藏古今——天一阁

宁波以其海纳百川的开放之势，以其婀娜多姿之态，以其深厚文化之韵正吸引着四方商客，为宁波的物流发展创造了无可比拟的竞争优势。宁波的发展离不开港口，宁波物流的发展离不开宁波这块创造奇迹的热土。

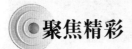
聚焦精彩

宁波港——脚印

1. 100万

2001年11月7日宁波港集装箱吞吐量首次突破100万标准箱大关！宁波港继2000年成为世界上为数不多的亿吨港之后，在新世纪第一年再次实现历史性的跨越。宁波港成为我国仅次于上海港的第二个亿吨大港。

2. 300万

2004年10月11日，宁波港集装箱吞吐量已突破300万标准箱大关，同比增长44%，从而向国际一流集装箱远洋干线港目标又迈出了重要一步。数据显示，从1991年集装箱运输正式起步到2001年突破100万标准箱，宁波港用了整整10年时间，而从100万标准箱到200万标准箱，只用了不到2年的时间。名列大陆集装箱港口第5位、全球集装箱港口第22位。

3. 400万

2004年12月28日下午2时30分，北仑国际集装箱码头，浙江省省长吕祖善在中央控制室轻轻按下按钮，发出指令。在码头四号泊位8号塔吊的操作工人随即将标有"宁波港2004年4 000 000标箱"大红横幅的集装箱从一辆白色的集装箱卡车上徐徐吊起来，放到早已等候在此的马士基·伊利诺斯号船上（图1-11）。这一集装箱的起运，标志着宁波港集装箱吞吐量首次突破400万标准箱大关，同比递增44.5%，实现了历史性跨越，当时排名上升至中国内地港口第4位，比2003年又前移了一位。

图1-11　第400万个集装箱装船

4. 500万

2005年12月29日下午2时30分，宁波港北仑第二集装箱公司码头3号泊位上，一只扎着彩绸的蓝色集装箱被徐徐吊上中国海运集团"威海"轮，即将驶上至美国西海岸的航线，这是宁波港今年起吊的第500万个集装箱（图1-12）。

2005年宁波港接卸4000标箱以上的集装箱船1300艘次，其中6000标箱以上430艘次，最大量为9200标箱，标志着宁波港已步入国际重要节点港！

5. 700万

截至2006年12月27日，宁波港集装箱吞吐量已突破700万标箱（图1-13），同比增长35.8%，比2005全年净增186万标箱，增幅在国内主要集装箱港口名列前茅。

近年来，宁波港进一步扩大航线在全球的覆盖面和主要航区的航班密度。

图1-12　第500万个集装箱装船

图1-13　第700万个集装箱装船

2006年，宁波港新开航线28条，至12月中旬，宁波港集装箱航线总数达163条，其中远洋干线82条，干线在航线中的比重大大高于国内同类港口的相同指标，月均航班数已突破700班，最高达到728班。

6. 900万

2007年12月20日，宁波港集装箱吞吐量已突破900万标准箱，比上一年全年总量净增174万标准箱，同比增幅达31%。宁波港集装箱运输正迈向科学发展的新航程。近年来，随着航运市场向大型化、深水化、集装箱化发展，宁波港迎头赶上，加快发展集装箱运输，创造了"宁波港速度"。宁波港集装箱运输增幅连续7年保持大陆沿海主要港口第一位，从2002—2006年的5年内，宁波港集装箱吞吐量从185万标准箱增加到706万标准箱，整整增长3倍。短短5年时间内，宁波港集装箱吞吐量排名从世界第30位上升至第13位，2007年进入前11位。2006年，宁波港荣膺世界集装箱"五佳港口"，成为中国内地港口中唯一入围的港口，跻身国际一流大港行列。宁波港集装箱运输从1991年正式起步到2001年突破100万标准箱，用了整整10年的时间；而从100万标准箱到2003年的200万标准箱，只用了不到两年的时间。2006年，宁波港集装箱运输连续跨越600万、700万两个台阶，达到706.8万标准箱，同比增长35.7%。

7. 1000万

2008年11月21日，在宁波港北仑四期码头，第1000万个集装箱即将被吊装上货轮（图1-14）。当天，宁波—舟山港2008年集装箱吞吐量突破1000万标准箱，同比增长17.5%，实现了历史性的跨越！

"1000万标准箱是历史的突破，也是新的起点。"站在跨越1000万标箱的新起点上，面对新的机遇和挑战，宁波港人将进一步营造深水码头优势、服务优势、机制优势、区域物流优势和人才优势，推进创业创新，加快建成国际一流的深水枢纽港、打造我国重要的现代港口物流中心的步伐，实现宁波港从"大港"向"强港"的新跨越！

图1-14　第1000万个集装箱装船

采撷芳华

一、什么是物流

寻思漫步

（1）你能根据字"物"来组词吗？

（2）你把组词归类，认为哪些词可能会是物流中的"物"？

（3）说说你身边的物流现象。

💻 指点迷津

物流即"物的流通"，包含"物"与"流"两方面的内容。概括地说，"物"是指一切可以进行物理位置移动的物质资料。"流"是指物理性运动，有"移动、运动、流动"的含义。物流与流通关系密切，所以为理解物流，首先从流通入手。物流是由"物"和"流"两个基本要素组成，物流中的"物"指一切可以进行物理性位置移动的物质资料。即"物"的一个重要特点是，必须可以发生物理性位移。

总之，物流中所称的"物"，是物质资料世界中同时具备物质实体特点和可以进行物理性位移的那一部分物质资料，无论处在哪个领域、哪个环节。

物流中的"流"，指的是物理性运动。这种运动也称为"位移"，而诸如建筑物、未砍伐的森林、矿体等因不发生物理性运动（尽管其所有权会发生转移），就不在物流的研究范畴之中。但建造建筑物的材料、一经砍伐的树木、一经开采出来的矿物就成为物流的对象。

▣ 经典概念

美国供应链管理协会关于物流的定义："物流是供应链流程的一部分，是为了满足客户需求而对货物、服务及相关信息在产出地到消费地之间的高效率、高效益的正向和递向的流动及储存进行的计划、实施与控制过程。"

二、物流的五要素

物流五要素（five elements of logistics）是指评价物流体系的五个主要要素，它们是：品质、数量、时间、地点和价格。

（1）品质是指物流过程中，物料的品质保持不变；

（2）数量是指符合经济性的数量要求和运输活动中往返运输载重尽可能满载等；

（3）时间是指以合理费用及时送达为原则做到的快速；

（4）地点是指选择合理的集运地及仓库，避免两次无效运输及多次转运；

（5）价格是指在保证质量及满足时间要求的前提下尽可能降低物流费用。

🧑 想一想

你有没有接受过物流服务？从这五个要素中说说你经历的那次（或几次）物流服务

过程中，你最满意的是什么？为什么？

辩一辩

就五个要素中，物流公司最关心的是什么？说说你的理由。

辩题素材

物流的7R：现代物流管理追求的目标可以概括为7R：将适当数量(right quantity)的适当产品(right product)，在适当的时间（right time）和适当的地点(right place)，以适当的条件（right condition）适当的质量（right quality）和适当的成本（right cost）交付给客户。具体来讲，通过加强物流系统管理可以实现7S。即：① 服务（service）目标；② 快捷（speed）目标；③ 节约（space saving）目标；④ 规模优化（scale optimization）目标；⑤ 库存（stock control）目标；⑥ 安全性（safe）目标；⑦ 总成本（sum cost minimum）目标。

三、物流的基本职能

物流的基本职能是指物流活动应该具有的基本能力以及通过对物流活动最佳的有效组合，形成物流的总体功能，以达到物流的最终经济目的。包括包装、装卸搬运、运输、存储保管、流通加工、配送、物流信息等相关职能（图1-15）。

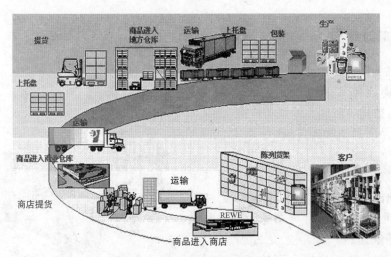

图1-15 物流活动流程示意图

所谓物流的基本职能，就是指物流活动特有的、区别于其他经济活动的职责和功能。物流基本职能的内容是进行商品实体定向运动。这是物流的共性。不管是哪一种社会形态，只要有商品交换存在，商流和物流就必然会发生。当然，这里说的商品交换，是广义的商品交换，既包括商业系统的商品流通，也包括物资系统的商品流通，还包括不同经济成分经营主体在市场上所进行的商品流通。

1. 运输

运输是物流的核心业务之一，在物流活动中处于中心地位，也是物流系统的一个重要功能。它解决了物质实体从供应地点到需求地点之间的空间差异，创造了物品的空间效用，实现了物质资料的使用价值。

按运输设备及运输工具的不同分类，运输方式主要有公路运输、铁路运输、水路运输、航空运输和管道运输（图1-16）。

图1-16　几种主要的运输方式

2. 储存

储存是对物资进行保管及对其数量、质量进行管理控制的活动。储存是物流中的又一极为重要的职能，与运输构成物流的两大支柱，同处于中心位置。储存不但缓解了物质实体在供求之间时间和空间上的矛盾，创造了商品的时间效用，同时也是保证社会生产连续不断运行的基本条件。

3. 包装

包装是在物流过程中保护产品、方便储运、促进销售，按一定技术方法采用容器、材料及辅助物等将物品包封，并予以适当的装潢和标志的工作总称。简言之，包装是包装物及包装操作的总称。

4. 装卸搬运

装卸搬运是在同一地域范围内进行的，以改变物料的存放状态和空间位置为主要内容和目的的活动。其中，搬运是指在同一场所，对货物进行水平移动为主的物流作业；装卸是指货物在指定地点以人力或机械把货物装入运输设备或卸下。

5. 流通加工

流通加工是物品在从生产地到使用地的过程中，根据需要施加包装、分割、计量、分拣、刷标志、贴标签、组装等简单作业的总称。在物流过程中，流通加工同样不可小视，它使流通向更深层次发展，在提高运输效率、改进产品品质等方面也都起着不可低估的作用。

6. 配送

配送是指对从供应者手中接受的多品种、大批量货物，进行必要的存储保管，并按用户的订货要求进行分货、配货，并将配好的货物在规定的时间内，安全、准确地送交用户。配送是"配"和"送"的有机结合，是一种门到门的服务方式。配送（distribution）是在经济合理的区域范围内，根据用户的要求，对物品进行拣选、加工、包装、分割、组配等作业，并按时送达指定地点的物流活动。

配送中心（distribution center）是从事货物配备（集货、加工、分货、拣选、配货）并组织对用户的送货，以高水平实现销售和供应服务的现代物流据点。

7. 物流信息

物流信息是指物流活动的内容、形式、过程及发展变化的反映，是由物流引起并能反映物流活动的各种消息、情报、文书、资料、数据等的总称（图1-17）。

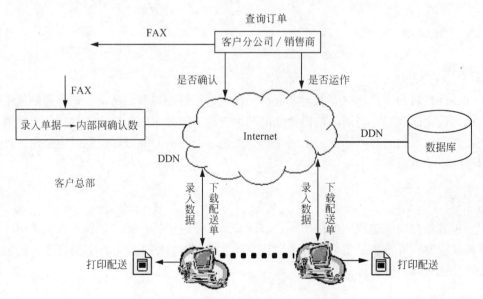

图1-17　典型的电子数据交换系统示意图

想一想

你家的冰箱从生产厂商到家中经过了哪些物流环节？从每个环节中分析物流的职能。

看一看

你所在的县市区有哪些类型的物流公司？这些物流公司实现了什么样的物流职能？

 **回眸一瞥**

📷 **快照浏览**

宁波港的组成	宁波港集装箱吞吐量国内与国际排名	宁波港的关键脚印	宁波市行政区划

✉ **清点收获**

小组		成员姓名				
	项　　目	分值	自评30%	组评40%	师评30%	合计100%
评价内容	参与讨论的积极性	20				
	语言表达能力	20				
	发言及辩论的深度和广度	20				
	沟通能力	20				
	专业知识点掌握情况	20				
	合　　计	100				

▦ **晨思暮问**

（1）今天学习了这篇内容，作为宁波人我自豪吗？

（2）现在对物流有初步的认识吗？

（3）对今后学习的物流专业产生了兴趣吗？

（4）能学好物流专业吗？

第二篇 丝绸之路 海上起点
——历史回眸

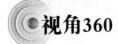

视角360

一、神舟起航，恢宏开篇

"海上丝路"是人类文明永恒的主题。宁波像一条船，自七千年前河姆渡文化始就永不停歇地航行在"海上丝路"上。她经历着从渡口（河姆渡）——江口（甬江）——海口（东海）——洋口（太平洋）不断演进的轨迹；她又印证了从独木舟（河姆渡）——木帆船（唐宋时期江厦码头）——铁壳船（五口通商后江北岸）——万吨巨轮（北仑港）的历史发展脉络。

东方神舟自此脱颖而出，宋时明州曾打造威振四海的四艘出使高丽的"万斛神舟"，到近代宁波籍世界船王董浩云、包玉刚，充满无限自信与恢弘大气，宁波从历史走向现代，从地域走向世界，靠的就是"神舟"精神而扬名东方。

图2-1　100年前的宁波口岸

宁波是浙东的交通枢纽，陆、海、空、水立体交通发展迅速，尤以"东方大港"之称的北仑港称誉国内外。栎社机场与香港和全国各地主要城市之间架设有空中桥梁。铁路、公路、水运以及市内交通四通八达。

宁波历史悠久，是具有7000多年文明史的"河姆渡文化"的发祥地。唐代，宁波成为"海上丝绸之路"的起点之一，早在公元752年，日本3艘遣唐使船驶抵宁波口岸，从此打开了宁波港1200多年的历史。到了唐宋年间，宁波已经与扬州、广州一起，并称中国三大对外贸易港口。宋时又与广州、泉州同时列为对外贸易三大港口重镇。清朝时，鸦片战争后宁波港已被辟为"五口通商"口岸之一（图2-1）。

二、从远古驶向未来

第一站：远古文明。7000年前的河姆渡文化是宁绍平原远古文明的第一道曙光。从远古到春秋战国，我们精选了河姆渡遗址出土的鹰形陶豆、木桨、独木舟、有段石锛、陶舟，以及镌有"羽人竞渡"纹的战国铜钺、刻有水波纹的原始青瓷，揭示宁波先民搏击海天、征服海洋的胸怀和精神，这种精神是开拓"海上丝路"的源泉（图2-2）。

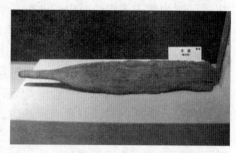

图2-2　遗址出土8支"木桨"，这是目前所知世界上最早的水上交通工具

第二站：拓展三江。自战国时期我国九大军港之一句章港的建立，到公元738年（唐开元二十六年），在贸县县治光溪建立州级机构——"明州"；再到公元821年（唐长庆元年），明州刺史韩察在三江口建造州城。宁波先民在长达1000多年的时间里，早期的海外贸易开启了"海上丝路"的先声。

第三站：州城确立。终唐一代，是宁波港城的成熟期，以上林湖为中心的越窑青瓷高度发展，"海上瓷器之路"的最终形成与发展，带动了明州港城经济文化的进一步提高与扩张，明州商团的活跃，作为日本遣唐使的登陆地之一，明州成为唐王朝面向东亚的门户……所有的一切都促使明州跃升为"海上丝路"的核心港口和当时世界上重要的港城。

第四站：国际港城。宋代明州成为具有对外贸易繁荣、农业及手工业发达、文化思想厚重之特色的国际都市（图2-3）。明州的国防之责、赋税之出、市舶之重、文化之厚，都使这座具有国际性质的港口城市，在南宋一代有着显赫的地位（图2-4）。元初东征日本，庆元港（今宁波）承受了巨大的战争灾难；但"海上丝路"仍然一片繁华。永丰库遗址考古发掘的珍贵文物，见证了元代庆元海外贸易的兴盛。

图2-3　宋明州国际港城场景

图2-4　南宋船

第五站：海定波宁。港城宁波在明代的海禁中扮演了十分特殊的角色，合法的勘合贸易和以双屿港为代表的走私贸易，推动"海上丝路"继续发展。明初的倭患，给宁波港城的发展带来一定的影响。而浙东抗倭斗争的坚持，使得中国东海渐渐"海定波宁"。这一时期是宁波区域经济持续发展的时期，也是文人辈出的时代，浙东学术代表

了当时中国思想成果的最高水平。以天一阁为代表的藏书文化，延续了宋代以来宁波人的藏书文化传统，反映了宁波人对文明的执着追求。

第六站：东南都会。明清之际，宁波知识分子以"匹夫天下"为己任，引领浙东人民开展了轰轰烈烈的抗清斗争，其悲壮、惨烈为历史罕见。这是浙东学术的鼎盛时期，以黄宗羲为代表的研经兼史的浙东学术，主张"经世致用"，从而达到了当时学术领域的最高水准，对日本、朝鲜等国影响巨大。江南水乡与港口城市完美结合，开放海禁后，区位和港口的优势使宁波成为中国东南都会。

第七站：开埠通商。鸦片战争的硝烟弥漫在宁波的上空，西方的坚船利炮轰开了中国的国门。文明的对话以血与火的方式在进行，宁波人民以各种方式抵抗外来入侵，描绘了中国近代史浓墨重彩的一章。被迫开埠通商，宁波这座城市经历了抗击与挫败、开放与融合的过程（图2-5）。素有经商传统的宁波人，在明末逐渐形成商帮。清中叶，

图2-5　鸦片战争时期的宁波港

宁波商帮开始跨越杭州湾进入上海。上海开埠后，借助正在形成中的远东金融、航运中心和商业物流中心的契机，宁波工商业者以乡党情谊为纽带相互支持，迅速在上海脱颖而出，并由上海扩张到全国各大商埠及海外，形成名重一时的"宁波帮"。

第八站：开放之港。如今的宁波是浙江省经济最发达的城市和全国14个中央计划单列市（副省级）之一，人均收入居全国第四位，消费水平居全国第二位。宁波港是上海国际航运枢纽港的重要组成部分，与世界79个国家和地区400多个港口开通了航线。

第九站：未来之港。根据总体规划，宁波—舟山港的目标是未来几年发展成世界顶级货港。据预测，到2015年，社会货运量将到达40 360万吨，港口货物吞吐量到达51 360万吨，集装箱吞吐量到达1500万TEU，物流业增加值到达760亿元。2020年，宁波—舟山港吞吐量达到8.9亿吨、集装箱吞吐量达到3000万标箱的目标。

聚焦精彩

一、饱经风霜的宁波港

宁波港，扼南北水路要冲，北宋设市舶司，为对外贸易港口之一，系"海上瓷器之路"起点。明末清初屡行海禁，港口中衰，鸦片战争后，被辟为"五口通商"口岸之一。1844年1月1日，宁波港以"条约口岸"正式开埠。英、法、美、德、俄、西班牙、葡萄牙、瑞典、挪威、荷兰等国相继来甬设领事署或置领事。西方列强逐渐控制海关的行政、税收权，外国商船云集，开始时充当港口引水员的皆外国人，宁波港成为半封建、半殖民地化港口。

　　1854年冬，慈溪人费纶锧、盛植琯，镇海李容等集资，购得广东外商大轮船1艘，定名"宝顺号"。与此同时，宁波港帆船港时代逐步向轮船港转变。

　　随着轮船增多，港口码头、仓场、航标等设施也有了发展。开埠后在江北岸一带逐步修建石墈码头（俗称道头），供驳船和洋式帆船使用。货轮来港，采用过驳上栈。约在1862年美商旗昌洋行始建趸船式码头，通航定期班轮。1874年，招商局建最早栈桥式铁木结构趸船码头，靠泊能力扩至3000吨级。因港口发展，半封闭自给经济逐步转变为开放型商品经济。光绪《鄞县志》载：宁波港"旧称渔盐粮食码头，及西国通商，百货咸备，银钱市值之高下，呼吸与苏、杭、上海相通，转运既灵，市易愈广，滨江列屋，大都皆廛肆矣"，原先渔盐粮食码头发展成"百货码头"（图2-6）。

图2-6　旧时渔港内等待出海的渔船

　　1877年，修建江北岸铁木结构千吨级宝隆行华顺码头、招商局江天码头、英商太古轮船公司北京码头。至1909年5月，宁绍轮船公司设立，建宁绍码头，可泊2000吨级轮船。后又建永川码头、宁波轮埠、甬利码头、新宁海码头、平安码头等，皆100~200吨级。随着港口建设发展，货物吞吐量和客运量增长，根据船舶吨位推算统计，1913年吞吐量为77.71万吨，比1875年的21.56万吨增加了2.6倍。吞吐量最多为1910年，达到153.68万吨。客运量1880年为12.58万人次，1913年为164.94万人次，增10余倍。

　　1914年，第一次世界大战爆发，外轮停航、洋货输入停滞，地方手工业、工业有所发展。至1936年宁波地区的轮船、汽船航运业，由原16家增至48家，其中营运外海航线的20家。1936年有轮船码头20余座（含镇海7座）。

　　1937年抗日战争爆发后，上海、杭州沦陷，宁波港成为内地货物、战区军用物资转运口岸，进出口轮船与货物吞吐量复增。1941年4月，宁波沦陷，码头、仓库等设施尽遭破坏，抗战胜利后，1946年9月，宁波招商分局修复江天码头，以后又修复码头六七座。但沿海航线大多停顿。仅招商局租用几条轮船航行沪甬线，偶尔有几条外籍商船来甬。至1949年宁波港吞吐量仅4万余吨。

　　这里刊登的几幅宁波港老照片，就是当年宁波港开埠后一个世纪的一点历史痕迹（图2-7和图2-8）。

图2-7　旧时的江北码头

图2-8　20世纪70年代的宁波港

二、生机勃勃的宁波港

港口经济，大桥经济，海洋经济，在现代化国际港口城市宁波，从来没有像今天这样，与一座城市的振兴如此密切。

1949年解放之初，历经战乱的宁波港全年货物吞吐量不到4万吨，是一个仅有4个千吨级破旧浮码头的区域性小港。六十年转眼而过，在与嘉兴港实现两港资源整合之后，2009年的宁波港已经是中国大型和特大型深水泊位最多的港口。

在2008年世界集装箱港口吞吐量排名中，宁波港以年吞吐1084.6万标准箱的优异成绩跻身世界前十强，并超越荷兰的鹿特丹港等知名港口，上升至第8位，创造了令国内外航运界瞩目的"宁波港速度"。

宁波港的内贸集装箱正在成为推动宁波全港整体箱量增长的一个新亮点，辐射的经济腹地已经拓展到中西部等省份。

"港泊四海万里船，诚迎五洲八方客"。目前，宁波港已拥有集装箱航线204条，班轮通达世界100多个国家和地区的600多个港口。集疏运网络覆盖全球，一个"世界级大港"正巍然屹立在长三角南翼、世界的东方（图2-9）。

图2-9　现代雄伟的宁波装卸码头

2008年，《国务院关于进一步推进长江三角洲地区改革开放和经济社会发展的指导意见》中明确提出，到2020年，把长三角建成亚太地区重要的国际门户，全球重要的先进制造业基地，具有较强国际竞争力的世界级城市群。这为宁波城市发展提供了前所未有的机遇。

2008年5月建成的杭州湾跨海大桥北起浙江嘉兴海盐郑家埭，南至宁波慈溪水路湾，把宁波至上海、苏州、无锡的车程全部缩短到两小时以内，形成了黄金经济圈。这不仅从根本上改变了长江三角洲的交通格局，更为宁波融入长三角城市群、成为长江三角洲南翼区域交通枢纽中心创造了条件。

以港口为龙头，以临海产业为新的增长点，以大桥为加速器，宁波凭借港口、大桥、海洋的互动，以及由线到面地推动区域整体提升，走出了一条兼具大海气魄与浙江精神的发展道路。

采撷芳华

寻思漫步

（1）"物流"从何而来？

（2）宁波的物流历史既然如此悠久，为什么中国的物流发展竟然如此之晚？

（3）长三角是中国物流的中心吗？作为长三角南翼的宁波，它将在此扮演何种角色？

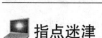 **指点迷津**

物流的产生

物流（physical distribution, 亦称为配送）一词最早出现于美国，1915年阿奇·萧在《市场流通中的若干问题》中提到物流一词，被称为物流的萌芽。"二战"中美国军队围绕战争供应建立了"后勤"（logistics）理论，将战时物资生产、运输、配给等活动作为一个整体进行统一布置，以达到战略物资补给的费用低、速度快等要求，物流概念由此产生。

20世纪50~80年代间，发达国家的企业为了追求利润而将竞争焦点放到产品质量上，各企业千方百计降低生产成本，提高产品质量以提高市场竞争力，此时企业管理者将物流概念引入生产领域，开始注重生产领域内的物流业发展。

从20世纪80年代开始，竞争焦点逐渐又转向非生产领域，从产品质量竞争转移到服务质量竞争上。如何降低物流系统的成本，提高效益与服务质量成为竞争的新焦点，物流管理因此产生，并且物流战略被视为获得市场优势的主要战略。

20世纪90年代后，随着高新技术的发展和计算机信息网络的普及，传统物流业开始向现代物流业转变。综合物流发展包括运输合理化、仓储自动化、包装标准化、装卸机械化、加工配送一体化、信息管理网络化等。在市场全球化和世界经济一体化发展趋势下，综合物流业越来越为人们所重视，并且其发展水平成为衡量国家综合国力的重要标志之一。

一、我国物流发展的历史

新中国成立到1978年前，我国一直是计划经济体制，生产、运输、仓储、销售等都由国家控制，企业在物流过程中没有一个经营自主的空间，物资不能按市场规律有效流动，所以此阶段内我国经济领域中没有物流的概念，更缺乏有关物流理论的研究。1978年后，随着经济的改革和市场的开放，我国开始发展物流业。我国从国外引入物流概念有两条途径：一是20世纪80年代初随"市场营销"理论的引入而从欧美传入；二是Physical Distribution从欧美传入日本，日本人翻译为"物流"，而20世纪80年代初，我国从日本直接引入"物流"的概念。20世纪90年代后期，随着我国经济体制改革的发展，企业产权关系日益明晰，生产、流通等企业开始认识到物流的重要性。国内开始出现了不同形式的物流企业，大多物流企业是由原运输企业、仓储企业、商业企业或工业企业等改造重组而来，但此时已有少数物流企业开始建立在物流理论上，根据物流运作规律进行组织与管理。同时对物流的研究也从流通领域向生产领域渗透。网络技术、电子商务等发展对物流业发展提出了新的要求，加强了我国物流业与世界物流业的合作与交流，使我国物流业发展开始走向国际化、全球化。

我国物流业经过20年的发展，已经取得了一定的成绩。目前，我国在东部地区已经形成了以沿海大城市群为中心的4大区域性物流圈格局：①以北京、天津、沈阳、大连和青岛为中心的环渤海物流圈；②以上海、南京、杭州和宁波为中心的长江三角洲物流圈；③以厦门和福州为中心的环台湾海峡物流圈；④以广州和深圳为中心的珠江三角洲物流圈。这 4 大物流圈以滚动式、递进式的扇面辐射，带动中部和西部地区的发展，这种辐射功能包含着巨大的物流辐射和集散功能，以激活和融通全国范围的物流、人流、信息流。4 大物流圈的形成使中国物流业的发展呈现出"区域引力场"的现象，周围地区包括中西部地区都处于物流圈的引力场的吸引范围内。同时部分大城市和特大城市已经成为区域性物流产业发展中心，而且全国范围内以基本交通运输干线为基础形成若干物流通道，使我国物流业发展的点—轴—面系统已略呈雏形（图 2-10）。

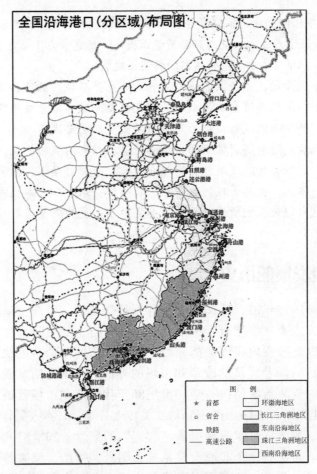

图2-10　全国沿海港口布局图

二、长三角物流发展的趋势

　　长三角地区位于我国沿海开放带和沿江产业密集带的T形接合部，集"黄金海岸"和"黄金水道"于一身，目前已成为中国经济、亚太经济乃至世界经济的一大亮点。在国家"十一五"规划制定中，长三角被正式列入区域规划编制，2008年9月16日发布的《国务院关于进一步推进长江三角洲地区改革开放和经济社会发展的指导意见》提出，要把长江三角洲地区建设成为亚太地区重要的国际门户和全球重要的先进制造业基地，具有较强国际竞争力的世界级城市群。这标志着长三角一体化进程已进入国家级的发展战略。2009年3月，国务院印发了《物流业调整和振兴规划》简称为《规划》，《规划》提出以上海、南京、宁波为中心的长江三角洲物流区域为全国九大物流区域之一。

知识快餐

　　全国九大物流区域：以北京、天津为中心的华北物流区域，以沈阳、大连为中心的东北物流区域，以青岛为中心的山东半岛物流区域，以上海、南京、宁波为中心的长江三角洲物流区域，以厦门为中心的东南沿海物流区域，以广州、深圳为中心的珠江三角洲物流区域，以武汉、郑州为中心的中部物流区域，以西安、兰州、乌鲁木齐为中心的西北物流区域，以重庆、成都、南宁为中心的西南物流区域。

　　十大物流通道为：东北地区与关内地区物流通道，东部地区南北物流通道，中部地区南北物流通道，东部沿海与西北地区物流通道，东部沿海与西南地区物流通道，西北与西南地区物流通道，西南地区出海物流通道，长江与运河物流通道，煤炭物流通道，进出口物流通道。

　　由于物流总量的持续增长，长三角各地港口、公路、内河及信息平台等物流基础设施建设呈快速发展态势。以港口战略合作为重心、促进区域物流一体化的发展。

　　长三角物流业发展迅猛，长三角地区是中国经济社会发展最具有活力的地区，经济增长持续强劲，根据《2009年长三角城市发展报告》，2008年长三角25座城市GDP达到65 185.07亿元，占全国GDP的比重为21.68%。长三角城市群已成为中国最发达的城市群落。有数据显示，长三角地区仅国务院批准的一类口岸就有35个，其中包括19个沿海港口、10个内河港口、5个国际航空港口和1个国际临时铁路口岸。2007年长三角地区外贸进出口总额完成8107.2亿美元，对外贸易总额约占全国的37%。2007年全国完成港口货物吞吐量为64.1亿吨，长三角地区港口货物吞吐量完成25亿吨，占全国港口总吞吐量的39%。在全国14个亿吨大港口中，长三角地区港口占5个，分别是上海港、宁波—舟山港、苏州港、南通港、南京港。这些都说明长三角港口对推动长三角地区及中国经济发展的作用越来越重要，显示出长江三角洲港口在中国经济发展中的战略地位日益重要（图2-11）。

　　区域通关改革促进物流发展，据海关总署的统一部署，"长三角"区域通关改革试点于2005年11月21日正式启动，并于2006年10月1日将合作范围扩展到长江沿线10海关，涉及7省2市。

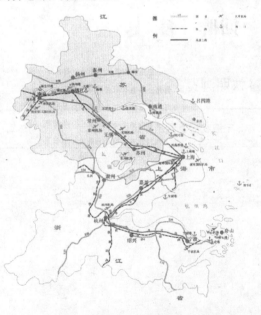

图2-11　长三角港口分布图

"长三角"地区的进出口贸易分别由上海、南京、杭州、宁波四个直属海关实施监管。此举是为适应"长三角"区域经济和区域物流的一体化发展要求，发挥"长三角"的辐射带动作用。首先，转关申报及审核的自动化程度显著提高，并进一步规范。改革后，企业申报转关后，海关计算机系统将自动审核转关申请，并在大多数情况下自动办理放行操作，减少了对原先人工作业的依赖程度。确保了货物"应转尽转"。此项措施实施以来，"长三角"区域转关运输比以往更顺畅、更快捷。其次，对于守法水平较高的企业，海关则提供更便捷、高效的选择——"属地申报、口岸验放"模式。按照这一模式，跨关区通关企业在向当地海关报关后，可直接由口岸海关实施验放，货物在两地间的运输也无须由海关监管车辆承运，实现"一次申报、一次放行"，通关速度明显加快，通关成本得到降低。简化了通关手续，降低了企业成本，提高了工作效率，进一步加强了区域经济一体化合作。以2005年12月1日第一票属地申报进口业务——江苏无锡阿尔卑斯电子有限公司进口的一批机器设备为例，从江苏无锡海关接单审核到上海吴淞海关口岸放行，所有的海关通关手续仅用1个多小时就全部完成。2009年3月，安徽省与长三角地区的口岸海关也全部实现了区域通关对接，可采用"属地申报，口岸验放"。通过信息联网、数据共享、联网监管、区域联动，"长三角"区域通关改革有效消除了因行政区划和关区分立造成的物流障碍；以企业守法便利为导向，实现了口岸货物的快速分流，简化了海关手续，降低了物流成本，提高了通关效率。

做一做

请以团队合作的形式，根据知识链接内容及网上搜索的内容整理一份专题报告，回答前面所提出的三个问题，题目自取，并用PPT展示汇报。

回眸一瞥

快照浏览

宁波物流发展历史足迹	"物流"一词从何而来	我国从何时何地引进"物流"概念

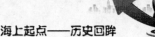

清点收获

小组		成员姓名				
评价内容	项　目	分值	自评30%	组评40%	师评30%	合计100%
	PPT发言专题设计	20				
	语言表达能力	20				
	发言的深度和广度	20				
	合作与沟通能力	20				
	专业知识点掌握情况	20				
	合　　计	100				

晨思暮问

（1）"海上丝绸之路"在宁波起航，你作为宁波人今后如何在物流领域有所贡献？

（2）在辉煌的历史光环下，加入宁波物流队伍你做好准备了吗？

第三篇 万商云集 港通天下
——海洋货运

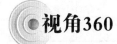

视角360

一、从千年商埠到亿吨大港，宁波书写"港通天下"

唐开元二十六年，地处长三角南翼的浙江宁波以"海上丝绸之路起点"的姿态正式开埠，从此在世界上声名鹊起。千百年来，宁波以水为魂，倚港衍生，凭借"港通天下"的城市气魄，实现了港海桥联动发展，成为世界瞩目的现代化国际港口城市。

以宁波港为原点，划一个1000海里的辐射圈，中国香港地区、中国台湾地区的高雄、新加坡、釜山、大阪等环太平洋港城尽在圈中（图3-1）。向内可连接沿海各港口，沟通长江、京杭大运河，覆盖整个华东地区及长江流域，是中国沿海向全球主要港口远洋运输辐射的理想集散地。古明州因港而兴，自古以来，宁波就是一个繁盛的对外贸易商埠。

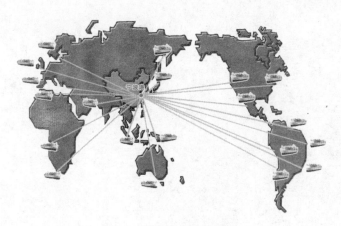

图3-1 宁波港全球通航图

二、港口兴则宁波兴

2010年经历了国际金融危机洗礼的宁波外贸实现历史性跨越，年进出口总额首次突

破800亿美元大关。据海关最新统计数据显示，2010年全市共实现外贸进出口总额829亿美元，同比增长36.3%，其中进口309.4亿美元，出口519.7亿美元，同比分别增长39.6%和34.5%。

　　长期以来，宁波一直把"以港兴市、以市促港"作为重要的发展战略之一。经过30年来的开发建设，古老的宁波港已从一个内河几千吨级的港口，逐步发展为以海岸深水泊位为主的，能停靠世界上最先进集装箱和载重30万吨散货原油，吞吐量和集装箱运量均居世界前列的特大型港口。口岸的进出口贸易总额、货物吞吐量、集装箱吞吐量大幅增长，跃居全球前十名，"以港兴市、以市促港"的城市发展战略初见成效（图3-2）。

图3-2　宁波港夜景

三、宁波港口发展概况

　　2009年，在严峻的外贸形势下，宁波港口货物吞吐量达3.84亿吨，继续保持大陆港口第二位。集装箱吞吐量为1042.3万标箱，在沿海大陆港口中降幅最小。2010年宁波市沿海港口货物吞吐量为41 000万吨，其中集装箱1300.1万TEU；预计2015年，货物吞吐量达55 000万吨，其中集装箱1500万TEU。目前，宁波有各类注册物流及相关企业4077家，注册资本超过120亿元，实际从事物流相关业务的企业超过5000家，全市A级物流企业数已占全省半壁江山。

1. 宁波港口经营项目

　　宁波港是一个多功能、综合性的港口。大中小泊位配套，集疏运条件好，铁路、公路直达港区，具有水水中转、水陆中转及海、公、铁联运等功能。宁波港主要经营进口铁矿砂、内外贸集装箱、原油成品油、液体化工产品、煤炭以及其他散杂货装卸、储存、中转业务。宁波口岸查验和服务单位全部进驻港区现场联合办公，为客户提供报关、查验、金融、保险、船代、货代等一条龙服务。

2. 宁波港口新发展（宁波港—舟山港合作）

　　宁波、舟山港都是我国著名的深水海港，有很多深水航道资源，具备开发国际大港的自然条件。通过两港的资源整合，将做到规划、建设、品牌、管理"四个统一"，其整体竞争力将大大提高，预计到2020年，宁波—舟山港的货物吞吐量将超过6.5亿吨，进入世界港口前三强。届时，宁波—舟山港将发展成为世界特大型港口和现代化的集装箱远洋干线港，跻身世界一流大港行列，成为国际港口界响当当的品牌。

　　两港整合海洋资源，提高港口的国际竞争力，其最直接的影响就是将有力推动海洋运输业，进而带动临港工业大发展。

目前，外商投资开发宁波、舟山两港，使得外国船公司落户宁波港大大增加，很多世界上知名的船公司把投资转向宁波、舟山，全世界最大的集装箱船队也在宁波港口停靠。宁波—舟山港取得让世人瞩目的成就，不得不说是积极推进两港一体化带来的效益。

两港一体化崭露的整合优势，刚满"周岁"的宁波—舟山港所凸现的1＋1＞2的整合效应，令人惊叹。也使得宁波—舟山港"磁场"引力大为增强，吸引了众多资金流纷至沓来。继和记黄埔、招商国际等大型港口项目后，鼠浪湖、凉潭岛、泥螺山、马岙等一批优良岸线迎来了投资者，大批现代化临港工业纷纷入驻。

宁波港与舟山港的整合，大大提升了宁波港的综合实力。这大大提升了宁波港在世界大港中的地位，也为宁波港成为长三角集装箱国际物流中心奠定了基础。

四、宁波港口服务行业概况

1. 船公司

丹麦马士基公司继1996年登陆宁波港，开辟宁波至香港班轮航线后，1999年9月又在这里开通了欧洲航线。2000年8月，这家公司看好宁波港集装箱货源稳步增长的势头，把每周航班数从两个增至3个。

地处长江三角洲南翼的宁波港，是中国内地吞吐量仅次于上海港的第二大港，2000年宣布吞吐量超过一亿吨。随着长江经济带的迅速崛起、集装箱中转航运市场的不断发展，以及港区口岸环境的进一步完善，这个新晋的世界级亿吨大港吸引了海外著名船公司纷纷"抢滩"登录表（表3-1）。

随即，法国达飞轮船公司、英国铁行渣华公司、意大利邮船公司等已在宁波港开通了航线，至2010年，世界20强海外船公司均在此设立分公司或办事处。国际物流巨头、国际知名快递企业及物流投资商均已落户宁波。

表3-1　宁波驻点船公司简称及缩写

公　　司	简　　称	缩　　写
澳大利亚国家航运公司	澳国航运	ANL
美国总统轮船有限公司	美国总统	APL
邦拿美船务有限公司	邦拿美	BNML
南美邮船公司（南美邮船）	CLAN	S.A.
南美智利国家航运公司	智利航运	CCNI
法国达飞轮船公司	达飞轮船	CMA
京汉海运有限公司	京汉海运	CO-HEUNG

续表

公　司	简　称	缩　写
中国远洋集装箱运输有限公司	中远集运	COSCO
德国胜利航运公司	德国胜利	SENATOR
长荣海运股份有限公司	长荣海运	EVERGREEN
韩进海运有限公司	韩进海运	HANJIN
赫伯罗特船务有限公司	赫伯罗特	HAPPAG-LLOYD
现代商船有限公司	现代商船	HYUNDAI
川崎汽船株式会社	川崎汽船	KLINE
高丽海运株式会社	高丽海运	KMTC
七星轮船有限公司	七星轮船	SSCL
墨西哥航运有限公司	墨西哥航运	TMM
阿拉伯联合国家轮船公司	阿拉伯轮船	UASC
环球船务有限公司	环球船务	UNIWD
万海航运股份有限公司	万海航运	WANHAI
阳明海运股份有限公司	阳明海运	YANGMING
以星轮船船务有限公司	以星轮船	ZIM
浙江远洋运输公司	浙江远洋	ZOSCO
意大利邮船公司	意大利邮船	LT
马来西亚国际航运有限公司	马来西亚航运	MISC
商船三井有限公司	商船三井	MOL
地中海航运公司	地中海航运	MSC
马士基海陆有限公司	马士基海陆	MAERSKSEALAND

2. 货运代理公司

在改革开放后的20多年里，中国的货运代理行业获得了长足的发展，已经进入了一个新的历史阶段。据业内人士预计，中国货代业在"十一五"期间将保持每年50%~60%的速度向前增长，市场潜力巨大。2004年，国际货运代理审批被正式取消，改为等级制，这标志着我国货运代理行业进入市场竞争的新时期。曾经高高在上的市场准入门槛，在一夜之间被"砍平"，因此，大量的货运代理公司如雨后春笋般出现。目前，宁波注册在案的货代公司就超过了1500家，而以合作等形式存在的、没有独立注册的货代公司数量达到了注册公司数量的3倍还要多，而在这众多的货代公司中，70%以上为中小型货代公司，人员在几人到几十人不等。其中比较大的一级货运代理公司有宁波港东南物流有限公司，泛洋海运，中外运物流、新华物流，达迅，九龙物流，外运，港兴，开源，环发等（表3-2）。

表3-2　宁波较大货运代理公司地址、网站

公　司	地　址	网　址
宁波港东南物流	宁波市北岸财富中心2幢8-9F	http://www.npsel.com
宁波泛洋国际货运代理	和义路77号汇金大厦17/18F	http://www.nbtos.com/
宁波达迅国际货运代理	江北北岸财富中心4号楼5楼	http://www.nbdashing.com/
宁波新华物流	望京路98号望京E座	http://www.ccl-ningbo.com/
宁波中外运物流	解放南路69号外运大厦	http://www.sino56.com/
浙江九龙国际物流	宁波市镇明巷20号	http://www.jll.com.cn/
浙江远洋国际货运代理	宁波市大梁街118号1715室	http://www.zosconb.com/
新海丰物流宁波分公司	大来街50号中保大厦11楼	http://www.sitc.com.cn/

3. 其他港口服务型企业

近年来，随着世界经济的一体化、港口和航运业的迅猛发展、经济结构由工业经济向服务经济的转型，宁波以国际贸易展览中心、国际航运服务中心、国际金融服务中心等"三中心"为基础的航运服务格局初步形成，搭建起一个具有港航、物流、船货代理、金融、保险等多种功能的国际航运服务平台。其他一系列的港口类服务企业也得以快速发展，宁波的港口服务企业针对企业客户的服务营销，以服务链延伸和服务的对接、互补为营销特色，以7PS为基本营销手段的企业营销。同时，依托宁波港货物吞吐量的迅猛发展，在近年来得到了长足的发展。涌现了一批集运输、转运、储存、配送、装拆箱、加工、货物装卸、仓储管理、多式联运及信息处理等功能于一体的综合物流提供者即港口服务型企业。这些企业从过去的装卸、仓储的单一服务功能转向包装、加工、分拨、运输、配送等物流其他功能扩展，为货主提供质优价廉的服务，对进出港货物提供更多的增值物流服务，逐步实现从传统的装卸运输中心转变为物流中心、从传统物流企业向综合物流企业转型。比较突出的如恒通远东物流有限公司、北仑蓝天造船有限公司、金星物流等。目前，宁波已拥有国际船舶代理企业40多家，年代理船舶2万多艘次。而全市3000多家各类国际货运代理企业及办事机构，其揽货网络已覆盖全省、全国各地。

聚焦精彩

一、"信息化"助宁波港码头作业效率创造世界速度

2009年4月25日，宁波港北仑第二集装箱码头分公司在对"索文伦·马士基"轮的作业中，用7.43小时完成了船上3130个自然箱的装卸任务，船时效率达到了每小时421.27个自然箱（842个标准箱），打破了宁波港2006年创下的纪录（图3-3）。

图3-3　繁忙的宁波集装箱港口

马士基是全球最大的班轮公司，在全球有400多个挂靠港。据马士基北亚班轮操作中心通报，2009年1~3月，宁波港在对马士基船舶作业中平均船时效率达到了每小时155.3个自然箱，一举超过了2008年排名第一的青岛港以及2009年1月、2月份一直领先的林查班港，首次排名马士基船舶作业效率全球第一。

在最新出炉的马士基世界港口排行榜上，宁波港码头作业效率连续3年位列第一。"没有6年来港口码头智能化信息化的沉淀与厚积要想与世界大港同台竞技并一举夺魁根本想都不用想。""智慧港口"是让宁波港稳坐"头把交椅"的"最大功臣"。

宁波港口智能化起步并不早，但是起点很高。信息化建设不是一个榔头一把锤子敲到哪里建到哪里。宁波港2004年启动信息化时，花了整整两年时间制定了10年规划。

在"宁波港集团信息化发展规划"的统领下，宁波港集团分步实施有序推进。首先改组信息通信部门，将原先仅铺设电缆、安装程控电话的通信保障单位上升为负责软件开发、信息平台搭建的高端部门，每年投入数千万元资金，集中力量攻克港口信息化技术和应用的难关。其次，按照实际需求研发并建立起综合管理信息系统等五大体系框架。最后，包括办公室、车队、桥吊、闸口等全部覆盖信息化，使宁波港集团信息化水平处于国内沿海港口领先地位，达到国际港口先进水平。

在北仑港区，以前集装箱进港区后需要人工查箱点箱，怕一个人数错，还得有几个人核对。有了信息识别系统之后，集装箱里的所有信息自动识别，一目了然。点箱只是其中一个细节，现在宁波港口生产过程全部在信息化的"掌控"之下。所有数据每时每

刻源源不断地汇集到中央控制系统，船几时停、几时开，用了哪个流程等都可以一清二楚地看到（图3-4）。

在不断推进全港信息资源整合的同时，宁波港集团还成立集装箱码头计算机新系统研发"五人小组"，用了一年时间自主研发集装箱码头生产管理系统，并一次上线成功。在该系统的指挥下，宁波港集装箱单机装卸效率从2003年每小时23个自然箱攀升至现在的141个自然箱，三次打破世界纪录。宁

图3-4　宁波港装船作业

波港凭借此项发明引领了港口作业智能化、自动化潮流，并一举夺得交通运输部科技进步二等奖。

借力信息化，宁波港集团人均劳动生产率从10万元突升至70万元，人均创利从不到6000元到现在的30万元。

二、"竺士杰操作法"创造了新的集装箱装卸世界纪录

2011年3月3日，"地中海·毕尔巴鄂"轮刚一靠泊，早已准备就绪的装卸工人立即投入到紧张工作中。担当这次重任的是第11号桥吊，它是世界上最先进的双吊具桥吊，可以一次起吊4个20英尺的集装箱。在随后的一个半小时内，第11号桥吊果然不负众望，仅用1.867小时就完成347自然箱的装船作业，创造了每小时185.89自然箱的桥吊单机效率，比原世界纪录提高了15.8%。

为了打好这场硬仗，宁波港吉码头经营有限公司事先制定了严格的实施方案，优化操作流程。11号桥吊的操作司机竹栋炯熟练应用宁波港集团"独家武器"——"竺士杰操作法"，也是创造纪录的关键所在。

此前的世界纪录由上海盛东集装箱码头有限公司在2010年10月9日创造，桥吊单机效率为每小时160.5自然箱。

🖥 小贴士

人物小传：竺士杰

竺士杰：宁波港吉码头经营有限公司桥吊二班班长，宁波市首席工人、宁波市十大杰出青年、改革开放30年宁波创业创新风云人物、浙江省2007年度创业创新新闻人物、曾获浙江省"十大职工技能状元"金锤奖、浙江交通十大感动人物提名奖、浙江省五一劳动奖章、全国青年岗位能手等荣誉称号。

1998年，19岁的竺士杰从宁波港职业学校港口机械专业毕业，到宁波港吉

码头经营有限公司做了一名龙门吊司机。他工作虚心认真，得到同事和领导肯定。两年后，他接受了新的考验，转学桥吊操作技术。桥吊操作要比龙门吊复杂得多，每一项操作都是崭新的，这对竺士杰提出了新的要求和挑战。他从零开始，潜心学习，每天第一个上机，最后一个下机。有时为练好一个动作，在离地40多米的桥吊司机室一待就是大半天，直到自己满意为止。经过辛勤付出和不懈努力，他成为同批改行职工中第一个独立上岗的人。

独立上岗后，竺士杰首先琢磨桥吊的稳，因为这是基础。经过一番苦练，竺士杰很快能稳稳地操作。接着，他又开始研究如何才能准和快。他反复观察发现，传统桥吊操作方法在集装箱起吊、横移、放下的弧线运动过程中，存在不合理因素。为了科学地分析集装箱运动轨迹，他参考力学方面的书籍，分析集装箱运动的轨迹，并在此基础上，对桥吊操作方式进行探索改进，形成了自己独特的操作法。竺士杰的创新操作法很快在实践中发挥了效益。

三、宁波港探索"甩挂运输"，提升港口竞争力

针对集装箱运输模式落后，宁波港积极探索"甩挂运输"，包括"一车多挂"式、"三段多车实施"式、"双重甩挂"式等多种模式。甩挂运输是指载货汽车（或牵引车）按照预定的计划，在某个装卸作业地点甩下挂车并挂上指定的挂车后，继续运行的拖挂运输组织形式。"甩挂运输"不是一个新名词，它在国外是一种非常普遍的运输方式，在国内运用得比较少。宁波从事集装箱运输的集卡车辆达到10 000多辆，运力规模巨大。集装箱流向、流量较为集中，非常适合集装箱甩挂运输的开展。通过集装箱甩挂，可以改变以空箱运至装箱点，实载率低等问题，可以较大地提高经济效益。按照理论模式计算，一个集卡车头至少一天能做两个挂车业务，现在宁波—舟山港有1万多辆集卡车，如果其中一半实行完全甩挂操作，可以节约运力投资10个亿元，也就是买车的投入一年可减少10个亿元，一年降低运营成本4.2亿元。

采撷芳华

一、什么是海洋货物运输

经典概念

海洋运输又称"国际海洋货物运输"，是国际物流中最主要的运输方式。它是指使用船舶通过海上航道在不同国家和地区的港口之间运送货物的一种方式，在国际货物运

输中使用最广泛。目前，国际贸易总运量中的2/3以上，中国进出口货运总量的约90%都是利用海上运输。海洋运输对世界的改变是巨大的。

寻思漫步

（1）如果你是一名货代公司的业务员，你如何在宁波开展业务？

（2）你能简单说一说集装箱出口业务流程吗？

二、宁波发展海洋货物运输的优点

1. 海洋货物运输的优点

目前，海洋货物运输已成为国际贸易中最重要的运输方式。这主要是由海洋货物运输的性质和海洋货物运输本身的特点所决定的。与其他运输方式相比，海洋货物运输具有以下优点。

（1）运量大

目前船舶正向大型化方向发展，船舶的承载能力远远大于火车、汽车和飞机，是运输能力最大的工具。2010年6月25日，"地中海热那亚"轮顺利靠泊在宁波海事局穿山海事处辖区四期港吉4号泊位，这是迄今为止到达宁波港的最大集装箱船，同时也是目前世界上最大的集装箱船（图3-5）。

图3-5　地中海热那亚轮靠泊北仑港

（2）通过能力大

海洋货物运输利用天然航道，可四通八达，不像火车、汽车受轨道和道路的限制，因而通过能力远超过火车和汽车。如果政治、经济和贸易条件发生变化，船舶还可以随时改变航线驶往目的港。

（3）运费低

海运运费一般为铁路运费的1/5、公路运费的1/10、航空运费的1/30，这就为低值大宗货物的运输提供了有利的运输条件。

（4）适合运输各种货物

上述特点使海洋货物运输适应运输各种货物，尤其是一些火车、汽车无法运输的特种货物。

2. 宁波港口优势

（1）运输网络顺畅

宁波港是一个集内河港、河口港和海港于一体的多功能、综合性的现代化深水大港，拥有生产性泊位300座左右，其中有长逾4900米的集装箱泊位群，码头设施配置达到国内领先、国际一流的水平，能够满足超大型集装箱船的作业要求。宁波港与全球逾100个国家和地区的逾600个港口有贸易往来，集装箱航线达188条，航班已超过840班，基本构成以欧洲、北美、中东为骨干，南美、澳洲、非洲等为辅助的远洋干线网络。此外，宁波以港口为龙头，形成了公路、铁路、航空和水运的立体化运输网络，具有发展国际物流产业的交通运输优势。

（2）港口物流业发展为宁波国际贸易发展提供了坚强地支撑

2010年全市共实现外贸进出口总额829亿美元。港口物流业促进了宁波临港大工业的快速发展，集聚了一大批大型或特大型的临港大工业企业，培育了石化、能源、钢铁、造纸、修造船等5大临港支柱产业。

（3）港口国际物流发展强劲

为了全面落实"以港兴市，以市促港"战略的实施，近几年来宁波市在港口规划、港口建设方面投入了大量的人力、物力，沿海深水岸线开发速度不断加快。2010年，全球经济形势继续趋好，宁波外贸进出口恢复较快，宁波港口全年货物吞吐量完成4.12亿吨，同比增长7.38%，其中外贸吞吐量2.03亿吨，同比增长11.87%;集装箱吞吐量完成1300.35万标箱，同比增长24.75%，预计到2020年全港货物吞吐量将达6.1亿吨，集装箱运量将突破3000万标箱。

（4）港口运作效率高

宁波市以上海作为港口经营管理的参照系，以"成本不高于上海、效率不低于上海"作为港口物流的目标，完善功能，提高效率。

（5）港口物流业信息体系逐步完善

宁波市较好地完成了口岸电子信息化工程，宁波港集团着力构筑生产管理、经营管理、通信与监控管理、信息服务和综合管理等5大信息系统，EDI中心平台全面升级，生产业务协同管理系统投入使用，服务质量和水平不断提高。宁波在全国率先提出"大通关"的理念，成立了"大通关"协调领导小组，着力改善口岸环境。口岸查验部门与宁波港集团通力合作，加强口岸的信息化建设，开发应用了国际航行船舶码头综合管理系统，实行全方位、全天候的动态监控。

（6）吸引海外物流企业投资

宁波港口物流业良好的环境与广阔的发展前景吸引了联邦快递、马士基物流、UPS等世界知名物流企业与物流设施投资商落户宁波，抢占宁波市场，目前世界排名前20位的船公司均在宁波设立了营运机构。截至2010年6月底已有外资物流主体433家，占物流业经济主体的12.6%。

（7）物流企业实力雄厚

据初步统计，宁波市现有从事运输、仓储、货代、海运业及相应的物流业务服务的企业4077家，注册资本超过120亿元。培育了浙江中外运、金星、中通、海联、大港货柜等一大批在长三角及国内具有一定影响力的本地物流企业；形成了一支门类齐全、机制灵活、运作高效、竞争充分的市场主体。同时，随着宁波现代物流企业的迅速发展，物流集聚区逐步形成。围绕港口服务、制造业基地建设、城乡配送等需求，逐步形成以北仑港区、镇海化工园区、杭州湾大桥和沿海产业带为支撑的环形现代物流圈。

指点迷津

集装箱出口业务流程

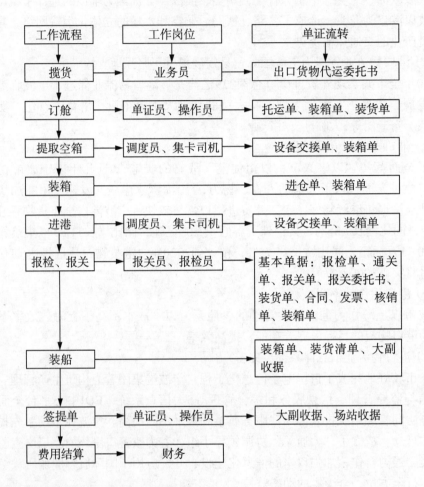

工作流程	工作岗位	单证流转
揽货	业务员	出口货物代运委托书
订舱	单证员、操作员	托运单、装箱单、装货单
提取空箱	调度员、集卡司机	设备交接单、装箱单
装箱		进仓单、装箱单
进港	调度员、集卡司机	设备交接单、装箱单
报检、报关	报关员、报检员	基本单据：报检单、通关单、报关单、报关委托书、装货单、合同、发票、核销单、装箱单
装船		装箱单、装货清单、大副收据
签提单	单证员、操作员	大副收据、场站收据
费用结算	财务	

三、集装箱班轮海运出口流程

1. 接受货主询价

（1）海运询。

- 需掌握发货港至各大洲，各大航线常用的，及货主常需服务的港口价格；
- 主要船公司船期信息；
- 需要时应向询价货主问明一些类别信息，如货名危险级别等。

（2）陆运询价（人民币费用）。

- 需掌握各大主要城市千米数和拖箱价格；
- 各港区装箱价格；
- 报关费、商检、动植检收费标准。

（3）不能及时提供的，需请顾客留下电话、姓氏等联系要素，以便在尽可能短的时间内回复货主。

2. 接单（接受货主委托）

接受货主委托后（一般为传真件）需明确的重点信息：

（1）船期、件数；

（2）箱型、箱量；

（3）毛重；

（4）体积；

（5）付费条款、货主联系方法；

（6）做箱情况，门到门还是内装。

3. 订舱

（1）缮制委托书（十联单）。制单时应最大限度地保证原始托单的数据正确及相符性，以减少后续过程的频繁更改。

（2）加盖公司订舱章订舱。需提供订舱附件的（如船公司价格确认件），应一并备齐方能去订舱。

（3）取得配舱回单，摘取船名、航次、提单号信息。

4. 做箱

（1）门到门。填妥装箱计划中：做箱时间、船名、航次、关单号、中转港、目的港、毛重、件数、体积、门点、联系人、电话等要因，先于截关日（船期前两天）1~2天排好车班。

（2）内装。填妥装箱计划中：船期、船名、航次、关单号、中转港、目的港、毛重、件数、体积、进舱编号等要因，先于截关日（船期前两天）1~2天排好车班。

（3）取得两种做箱方法所得的装箱单（CLP）。

5. 报关（有时同时、有时先于做箱）

（1）了解常出口货物报关所需资料。

具体包括：①需商检；②需配额；③需许可证；④需产地证；⑤需提供商标授权、商标品名；⑥需提供商会核价章；⑦出口中国香港地区货值超过10万美元，其他地区超过50万美元，核销时需提供结汇水单（复印件）。

（2）填妥船名、航次，提单号，对应装箱单（packing list），发票，所显示的毛重、净重，件数，包装种类，金额，体积，审核报关单的正确性（单证一致）。

（3）显示报关单所在货物的"中文品名"；对照海关编码大全，查阅商品编码，审核两者是否相符；按编码确定计量单位，并根据海关所列之监管条件点阅所缺乏报关要件。

（4）备妥报关委托书、报关单、手册、发票、装箱单、核销单、配舱回单（十联

单第五联以后）、更改单（需要的话）和其他所需资料，于截关前一天通关。

（5）跟踪场站收据，确保配载上船。

（6）凡是退关改配的，若其中有下个航次，出运仍然需要，诸如许可证、配额、商检、动植检之类的文件资料，退关、改配通知应先于该配置船期一个星期到达，以便（报运部）顺利抽回资料，重新利用。否则只会顺延船期，造成麻烦。

6. 提单确认和修改

（1）问明顾客"提单"的发放形式。

① 电放：需顾客提供正本"电放保函"（留底），后出具公司"保函"到船公司电放。

② 预借（如可行）：需顾客提供正本"预借保函"（留底），后出具公司"保函"到船公司预借。

③ 倒签（如可行）：需顾客提供正本"倒签保函"（留底），后出具公司"保函"到船公司倒签。

此种情况下，多半是签发HOUSE B/L。

④ 分单：应等船开后3～4天（候舱单送达海关，以保证退税），再将一票关单拆成多票关单。

⑤ 并单：应等船开后3～4天（候舱单送达海关，以保证退税），再将多票关单合成一票关单。

⑥ 异地放单：须经船公司同意，并取得货主保函和异地接单之联系人、电话、传真、公司名、地址等资料方可放单。

（2）依据原始资料，传真于货主确认，并根据回传确定提单正确内容。

7. 签单

（1）查看每张正本提单是否都签全了证章。

（2）是否需要手签。

8. 航次费用结算

（1）海运费

① 预付（freight prepaid）

② 到付（freight collect）

（2）陆运费

① 订舱。

② 报关（包括返关之前已经报关的费用）。

③ 做箱（内装/门到门）。

④ 其他应考虑的费用：冲港费/冲关费、商检、动植检、提货费、快递费、电放、更改。

9. 提单、发票发放

（1）货主自来取件的，需签收。

（2）通过 EMS 和快递送达的，应在"名址单"上标明诸如"提单号"、"发票号"、"核销单号"、"许可证号"、"配额号"等要素以备日后查证。

10. 其他

应在一个月内督促航次费用的清算并及时返还货主的"核销退税单"。

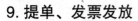 **做一做**

（1）分组讨论，你们组如何完成下面的任务？

（2）请给起点外贸公司选择合适的船公司并选用合适的集装箱出运该货物。

项目背景：

中国外运集团是一家大型的国际货运代理公司，它于2010年11月10日接到了宁波起点外贸有限公司的委托，要求为其代理出口一批圣诞装饰品到美国纽约，收货人为 Globe Express Foreign Company（全球通外贸公司），销售合同号为21938GX-011，数量为20箱，毛重为15 000KGS，体积为75CBM，起运港为宁波，贸易条款为CIF，要求选用10强船公司的船舶进行CY-CY服务且必须在2010年12月20日前起运，由于圣诞物品的时间性较强，因此务必不能中转及换船。请给起点外贸公司选择合适的船公司并选用合适的集装箱出运该货物。

项目任务：

完成代理宁波起点外贸有限公司"圣诞装饰品"出口业务操作。

项目框架流程图

```
起点外贸（发货人） ─1─ 中外运（国际货运代理） ─1─ 全球通外贸（收货人）
                          │2
                          ▼
                    班轮公司 ─6─ 船公司码头配载装船
                     │           │4
                     ▼           ▼
              中外运操作部    中外运报检疫部
                  │3           │5
                  ▼           ▼
              中外运调度部    中外运报关部
                               │10
                               ▼
              中外运单证部    海关核销退税
                  │7
                  │
              │8          │9
              中外运财务部
```

四、集装箱班轮海运进口流程

（1）接到客户的全套单据后，要查清该进口货物属于哪家船公司承运、哪家作为船舶代理、在哪儿可以换到供通关用的提货单（注：全套单据包括带背书的正本提单或电放副本、装箱单、发票、合同）。

注意事项：

① 提前与船公司或船舶代理部门联系，确定船到港时间、地点，如需转船应确认二程船名。

② 提前与船公司或船舶代理部门确认换单费、押箱费、换单的时间。

③ 提前联系好场站，确认好提箱费、掏箱费、装车费、回空费。

（2）凭带背书的正本提单（如是电报放货，可带电报放货的传真件与保函）去船公司或船舶代理部门换取提货单和设备交接单。

注意事项：

① 背书有两种形式，如果提单上收货人栏显示TO ORDER则由SHIPPER背书；如果收货人栏显示其真正的收货人，则需收货人背书。

② 保函是由进口方出具给船舶代理的一份请求放货的书面证明。内容包括进口港、目的港、船名、航次、提单号、件重尺及进口方签章。

③ 换单时应仔细核对提单或电放副本与提货单上的集装箱箱号及封号是否一致。

④ 提货单共分五联，白色为提货联、蓝色为费用账单、红色为费用账单、绿色为交货记录、浅绿色为交货记录。

⑤ 设备交接单：它是集装箱进出港区、场站时，用箱人、运箱人与管箱人或其代理人之间交接集装箱及其他机械设备的凭证，并具有管箱人发放集装箱的凭证的功能。当集装箱或机械设备在集装箱码头堆场或货运站借出或回收时，由码头堆场或货运站制作设备交接单，经双方签字后，作为两者之间设备交接的凭证。

集装箱设备交接单分进场和出场两种，交接手续均在码头堆场大门口办理。出码头堆场时，码头堆场工作人员与用箱人、运箱人就设备交接单上的以下主要内容共同进行审核：用箱人名称和地址，出堆场时间与目的，集装箱箱号、规格、封志号以及是空箱还是重箱，有关机械设备的情况，正常还是异常等。进码头堆场时，码头堆场的工作人员与用箱人、运箱人就设备交接单上的下列内容共同进行审核：集装箱、机械设备归还日期、具体时间及归还时的外表状况，集装箱、机械设备归还人的名称与地址，进堆场的目的，整箱货交箱货主的名称和地址，拟装船的船次、航线、卸箱港等。

（3）用换来的提货单（1、3）联并附上报关单据前去报关。报关单据：提货单（1、3）联海关放行后，在白联上加盖放行章，发还给进口方作为提货的凭证。正本箱单、正本发票、合同、进口报关单一式两份、正本报关委托协议书、海关监管条件所涉及的各类证件。

注意事项：

① 接到客户全套单据后，应确认货物的商品编码，然后查阅海关税则，确认进口

税率、确认货物需要什么监管条件，如需做各种检验，则应在报关前向有关机构报验。报验所需单据：报验申请单、正本箱单发票、合同、进口报关单两份。

②换单时应催促船舶代理部门及时给海关传舱单，如有问题，应与海关舱单室取得联系，确认舱单是否转到海关。

③当海关要求开箱查验货物时，应提前与场站取得联系，调配机力将所查箱子调至海关指定的场站。（事先应与场站确认好调箱费、掏箱费）

（4）若是法检商品，应办理验货手续。如需商检，则应在报关前持进口商检申请单(带公章)和两份报关单办理登记手续，并在报关单上盖商检登记在案章以便通关。验货手续在最终目的地办理。如需动植检，也应在报关前持箱单、发票、合同、报关单去代报验机构申请报验，在报关单上盖放行章以便通关，验货手续可在通关后进行。

（5）海关通关放行后应去三检大厅办理三检。向大厅内的代理报验机构提供箱单、发票、合同报关单，由他们代理报验。报验后，可在大厅内统一窗口交费，并在白色提货单上盖三检放行章。

（6）三检手续办理后，交港杂费。港杂费用结清后，港方将提货联退给提货人供提货用。

（7）所有提货手续办妥后，可通知事先联系好的堆场提货。

注意事项：

①首先应与港池调度室取得联系、安排计划。

②根据提箱的多少与堆场联系足够的车辆，尽可能按港方要求时间内提清，以免产生转栈堆存费用。

③提箱过程中应与堆场有关人员共同检查箱体是否有重大残破，如有，要求港方在设备交接单上签残。

（8）重箱由堆场提到场地后，应在免费期内及时掏箱以免产生滞箱。

（9）货物提清后，从场站取回设备交接单证明箱体无残损，去船公司或船舶代理部门取回押箱费。

回眸一瞥

📷 **快照浏览**

宁波港的组成	宁波主要的货代公司	宁波主要的船公司	宁波主要的港口服务企业

清点收获

小组		成员姓名				
评价内容	项　目	分值	自评30%	组评40%	师评30%	合计100%
	参与讨论的积极性	20				
	语言表达能力	20				
	发言及辩论的深度和广度	20				
	沟通能力	20				
	专业知识点掌握情况	20				
	合　计	100				

晨思暮问

（1）对于宁波主要的航运企业你了解吗？

（2）今后你希望从事与海洋货物运输的工作吗？

（3）你对宁波货物的出口与进口业务了解吗？

第四篇　三江汇流　百舸争流
——内河货运

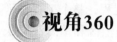 视角360

一、"三江"之口

宁波地处东海之滨，"三江"之口，境内河道纵横，星罗棋布，水资源十分丰富，主要河流有甬江、余姚江、奉化江，统称甬江水系（图4-1）。

图4-1　宁波甬江、余姚江、奉化江交汇的三江口

据宁波市港航管理部门对境内155条近2000千米的内河航道普查，结果表明，宁波内河水系发达，条件好，可供开发的航道众多。宁波的主要河流甬江、余姚江和奉化江江阔水深，分别可通行3000吨级海轮、1000吨级和800吨级内河船舶。而且宁波的内河航道大多都集中在经济发达地区，一经开发利用将来会产生巨大的经济和社会效益。

由于近年陆路运输发展迅速，弃水从陆、轻水重陆等原因，宁波市的航道现状也不容乐观。航道萎缩；弯道众多；低等级航道占航道总里程的82%，航道上桥梁多，通航净空低，闸堪多，水位差小，使本已萧条的内河航运业更加不振。

根据科学发展观要求，结合宁波城市发展走向，宁波市港航管理部门对内河航道、港口建设规划进行了调整。调整后的规划主要体现了以杭甬运河为主线江海相沟通的内河运输网络和以宁波港为龙头各大小河海港区相匹配的特色；形成宜陆至陆，宜水至水的运输格局，节约土地资源，缓解水资源紧张的态势，美化净化环境；提高宁波港的辐

射能力，吸引浙北腹地乃至长江沿线城市的货源到宁波港进出，延缓上海港的压力，加快宁波港的中心港和国际集装箱港地位的形成，促进宁波经济的发展，真正起到"水运强省"和"以港兴市"的作用。

与杭甬运河为主线的内河航道网相配套的内河港区码头相继投入使用（图4-2）。余姚东港区新建500吨级泊位13个，年吞吐能力达到228万吨。余姚东港区的使用，为宁波的内河航道网建设和内河航运业的发展奠定了坚实的基础。北仑王家洋港区作为宁波市江海联运港的重要组成部分，是杭甬运河入海处所在，它的建设标志着宁波处于内河航运末端格局的终结，对促进江海联运、提高杭甬运河的功效和北仑港的疏港能力有着非凡的意义。王家洋港区建有500吨级泊位5个，年吞吐能力可达165万吨。与此同时，位于奉化江和剡江两侧的奉化方桥港区是以集装箱为主、散杂货为辅的内河多功能港区，兴建300吨级兼靠500吨级泊位10个，至2010年年底已完成一期工程，整个工程将于2012年全部建成投入运营（图4-3）；慈溪中心港区、奉化江铜盆浦港区和镇海江海联运港区目前也都陆续投入使用。

图4-2 繁忙的杭甬运河

图4-3 奉化方桥港区

随着内河航道和港口建设的不断推进，宁波的内河航运业必将得到跳跃式的大发展，船来帆往的景象不久就会重现于宁波的江河之上。

二、魅力三江

甬江是宁波的母亲河，由奉化江和姚江两江汇集而成，是浙江省七大水系之一。甬江全长132千米，流域面积4518平方千米。

1. 甬江干流

甬江干流指姚江、奉化江汇合于宁波市区的三江口后至镇海大小游山出口段。干流全长26千米，流域面积361平方千米，平均水深4.9米，宽200~500米，常年可通3000吨级海轮（图4-4）。

图4-4 奉化江长虹卧波

2. 甬江支流

（1）姚江

余姚江，简称姚江，又称舜江、舜水。干流全长106千米，流域面积2440平方千米。源出余姚市大岚镇夏家岭村东的米岗头东坡，北流经四明湖，在上虞永和镇新江口接通明江汇成姚江干流，向东流到马渚镇上陈村入余姚境内，先后接纳十八里河、贺墅江、马洛中河等，在城区以西分为南流的兰墅江（最良江）、中流的姚江干流、北流的候青江，三江汇流后过郁家、姜家渡、丈亭镇、大隐镇，在宁波市区三江口会奉化江成甬江，在镇海注入东海。

姚江流域能通航的主要支流有高桥江、四塘横江、五塘横江、临周江、大沽塘江、青山港、长泠江、马诸中河、东江、中江、西江、慈江等。较长的溪流有大隐溪、陆埠溪等。

姚江属平原河道，河床平坦，逶迤曲折，流速缓慢。余姚镇三江口以西到菁江渡段，河道相对平直，江面一般为50米左右，水深2.5米左右。三江口以东，江面开阔，河道多曲折，宽度一般为100~150米，最宽处可达250米左右，水深5米左右。

姚江水量丰富，盛产淡水鱼，航运也很发达，历史上就是沟通宁绍平原东西的重要航道。现干流为杭甬运河一段，可通500吨级船只。余姚江两岸风光秀丽，有位于姚江谷地重要的新石器时代河姆渡文化遗址、鲻山遗址，位于姚江大桥西堍的姚江公园，位于姚江大闸南侧的姚江动物园，还有保国寺等众多寺观庙宇。

（2）奉化江

奉化江发源于四明山东麓的秀尖山，干流长98千米，流域面积2223平方千米。奉化江有剡江、县江、东江和鄞江四大支流。奉化江流经奉化、鄞州和宁波市区的海曙区、江东区，在宁波市三江口与源于上虞境内四明山的姚江汇合成甬江，并于宁波镇海口流入东海（图4-5）。

图4-5 生态奉化江风光

◉ 聚焦精彩

一、千年古运河通江达海——杭甬运河

5年的奋力冲刺，克服层出不穷的各种困难；

70多亿元的巨额投资，助力千年运河延伸入海……

2007年12月29日，是个永远载入浙江水运发展史册的特殊日子：这一天，浙江历史上投资最大的单体水运工程——杭甬运河全线基本建成通航（图4-6）。浙江再添一条黄金水运大动脉，港航强省战略的实施拉开了闪亮的序幕。

杭甬运河西接京杭运河杭州段，东连宁波甬江，途经杭州、绍兴、宁波，航道起自

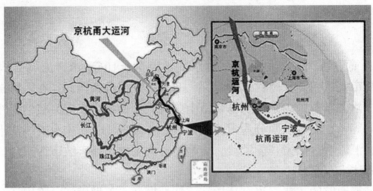

图4-6　京杭甬大运河

杭州三堡，经钱塘江、西小江、曹娥江、姚江、甬江，终于宁波甬江，贯通京杭大运河与宁波—舟山港，全长239千米。杭甬运河宁波段1、2期工程起自始于绍、甬交界处的余姚安家渡，顺姚江自上而下至宁波市区，通过姚江船闸进入甬江，终于甬江口，全长93.651千米。

据杭甬运河宁波段指挥部工程负责人介绍，杭甬运河宁波段所有4级航道河底宽40米，河面宽至少60米，水深2.5米，河道转弯处最小半径也有330米。沿河车厩大桥、河姆渡大桥、凤凰山桥等桥梁净高都在7米以上。"以前，运河主要利用姚江的天然水道，沿途桥梁也没有考虑通航，只有40吨级以下船舶才能航行，改造后，在宁波市区姚江大闸以上，500吨级船舶可自由航行。"

"杭甬运河的建成通航，使我国东部沿海运输通道和京杭运河南北水运大动脉实现了有机联系，使东方大港宁波—舟山港多了一条疏港货运大通道，将有效缓解杭绍甬地区陆路运输压力，促使整个浙东地区内河航运业的复兴、沿线产业带的加速形成和地方经济发展。"浙江省港航局局长郑惠明指出。

二、优势宁波：强疏运，助力港口西拓腹地

2002年以来，浙江港口集装箱吞吐量以年均35%的速度快速增长。随着宁波、舟山港口一体化的顺利推进，宁波—舟山港集装箱吞吐量更是以让业界聚焦瞩目的速度飞速发展。由于缺少水路集疏运通道，公路、铁路疏运开始面临巨大的压力，陆路集疏运运价高、运力日趋饱和等因素，开始制约宁波—舟山港集装箱的进一步发展。

宁波—舟山港对新的集疏运方式需求已越来越强烈。杭甬运河建成通航后，宁波—舟山港成为直接受益者，每年新增大量集装箱箱源。

综观国外主要集装箱枢纽港，如荷兰的鹿特丹港、比利时的安特卫普港等，内河航运都是至关重要的集装箱疏运方式。建成通航的杭甬运河，为宁波-舟山港提供了一条运量大、能耗低、成本低的"黄金"集疏运通道。

杭甬运河贯穿浙江省经济最发达的杭州、宁波、绍兴三个地区。这三个地区货源丰富，适箱货量大，外贸进出口总额占全省70%，是浙江省外贸集装箱生成量最多的地区。由于缺少水路出海口，杭州、绍兴等地的外贸集装箱基本通过陆路至上海出

口，极大地增加了运输成本。杭甬运河贯通后，水运的综合优势将把这部分地区的很大一部分箱源吸引到宁波—舟山港。仅以绍兴为例，从绍兴到宁波走水路要比公路集装箱卡车运送成本便宜20%左右。这样，以前通过上海港发送的大量箱源势必流向宁波—舟山港。

杭甬运河还连接京杭大运河以及长江，水路相通，运河改造完工后可以把江苏南部以及沿长江省份如湖北、江西的集装箱箱源也吸引过来。

三、绍兴：依运河，码头投资热潮涌动

位于龙身位置的绍兴市，是浙江经济最为活跃的地区之一。沿杭甬运河两岸，目前已形成了以化纤纺织、印染服装、煤炭热电等强势产业为龙头的工业体系和内外贸易相结合的经济体系。长期以来，由于杭甬运河仅为局部通航且通航能力低下，这些企业所需的各种生产资料、原材料都依靠铁路、公路运输从外埠调入，既加重了陆路运输压力又给企业增添了经济负担。杭甬运河的改造建设，为这些企业利用水路转运、降低运输成本、增强企业竞争力提供了可能。

绍兴县万年青水泥有限公司在杭甬运河北侧谋划建设500吨级泊位3个，2008年建成后年吞吐量可达60万吨；绍兴县华润钢业有限公司谋划在杭甬运河柘林航段投资9000多万元，新建500吨级码头泊位8个，建成后设计年吞吐能力达80万吨；浙能绍兴滨海电厂计划在绍兴港向前作业区内，建设500吨级卸煤泊位6个，500吨级重件泊位1个，码头工程投资估算为17 422万元……

此外，还有绍兴陶堰玻璃有限公司、滨江电厂等，一股投资建码头的热潮正沿杭甬运河兴起。

成本优势是这些企业纷纷投资建码头、弃陆走水的最主要原因。以万年青水泥有限公司为例，目前，汽车运输的成本在14元/吨，如果一直用汽车运输，且装卸费不变，则至2028年共需支付17 640万元的装卸费用。码头建成后，若水路运输成本以5元/吨计，考虑企业在21年里的码头管理及装卸运输支出的成本为7770万元，可以节省9870万元，扣除建设码头的投资358万元，可直接节省9512万元。

四、杭州：借地利尽享水运价格之"轻"

杭甬运河的建成通航，不仅使杭州内河水上运输第一次实现了河海沟通，为杭州提供了一条便捷的出海通道，还因地处水运最经济运输距离范围内且运河通航能力的大幅提升，而尽享水运价格之"轻"。

水运的运输成本与承运能力和运输距离密切相关。水运与公路运输成本相比平均比例为1：3，但到了100千米以上就为1：4，水运最经济的运输距离在200千米以上，而杭州的货物走杭甬运河至宁波—舟山港出海，运输距离为239千米，处于最经济运输的范围内，将极大地节省运输成本。

同时，杭甬运河按500吨级标准改造建设，一举将运河的承载能力提高了10倍，也

将极大地节省运输成本。同样是从杭州经由杭甬运河至宁波，用500吨级的船舶进行运输，与100吨级船舶相比，运输成本可降低40%。杭甬运河改造后，500吨级船舶可直接进入萧山内河，萧山工业园区所需要的进口物资、设备以及从山东、江苏、上海运来的煤炭、钢材和化工原料以及出口成品均可通过水路直达。通航后，仅杭州一地每年货物出口运输成本就可节约30亿元以上。

五、浙东：沿河新产业带加速积聚

杭甬运河所穿过的萧绍甬平原，是浙江省的加工制造业基地，杭甬运河的建造通航，为萧绍甬平原加工制造企业，打造了最经济、最便捷的运输通道。

美国有8%的大工厂建在江河边。在与浙江水网更加近似的莱茵河地区，河边更是集中着大量的工厂，而且许多工厂为了运输方便，自己投资开挖运河水道，既方便了运输也方便了用水。随着宁波—舟山港的发展，宁波出现了沿港工业带，而随着杭甬运河改造完工，宁波也将出现沿河工业带。

杭甬运河还在改造建设过程中，宁波沿河工业带就开始了酝酿积聚和兴起。目前，宁波余姚、慈溪地区的工矿企业和鄞州工业区、望春工业园区、明州工业园区等均坐落在杭甬运河沿线或同运河相连接的沿河地带。

不仅宁波如此，在绍兴，一份调查数据也表明了产业带沿河积聚的明显趋势。仅在绍兴越城区，被调查的28家规模企业中，依托水运的企业就有 7 家；而杭甬运河开通后，依托水运的企业已增至15家。

六、"量身定做"多姿多彩的水上人文长廊

蒹葭苍苍、垂柳依依；莺飞草长、鱼游鹭翔……改造后的杭甬运河不仅将成为水运的"黄金水道"，同时也是一条风光旖旎的景观河道、生态河道、人文河道。

泛舟于碧波间，放眼运河两岸，举目皆绿，生机盎然。这主要得益于杭甬运河从设计到施工各环节都十分重视对沿线生态的保护与改善。工程技术人员专门为运河"量身"设计了生态景观护坡技术，在坡岸上大量栽种花草树木，并合理参照江南园林式景观设计、绿化沿线。针对部分河段原始生态较好，在中、高水位长有茂密的野生茅草、灌木杂树及成片芦苇等情形，施工时予以最大限度的留存，以保护坡岸生态的"原味"。

杭甬运河宁波段沿岸的绿化工程是根据该段运河特有的环境而植芦、种树、栽花、播草，两岸成行的垂柳与连片的芦苇、红花、碧草交相映衬，簇拥着一江碧波流向天际，从而与著名作家刘绍棠笔下的北方运河那种"瓜棚蒲柳"的风景相映成趣。

值得一提的是，运河改造施工中经过"裁弯取直"的河道形成了不少"河中岛"，仅余姚段就有十余个。这些河中岛面积大的有数十亩，小的也有十多亩，岛上原始生态大都留存完好，稍加整治，就能成为一方供人休憩、观光和垂钓之地。目前，余姚港航、

旅游部门已联手对河中岛开发、规划。杭甬运河除了成为一条景观之河、生态之河，还有望成为一条休闲之河。

改造后的杭甬运河还是一条不可多得的水上精品旅游线路。杭甬运河相连的杭绍甬三地自然、人文景观精华数不胜数，运河犹如一条"缎带"把众多景点连成一片。

"杭甬运河"正展现一幅多姿多彩的旅游风情图：沿河自西向东顺流而下，人们不仅可到杭州去品龙井、闻桂香、游西湖；到绍兴喝绍酒、观社戏、寻访鲁迅足迹；还可到招宝山去凭吊为抵御外房而誓死抗争的民族英雄，到梁祝公园去寻找化蝶而去的忠贞爱情故事，到三江口去感受港城飞速发展的现代风貌，到天童寺去聆听晨钟暮鼓，到河姆渡去探寻七千年前的文明……

千年古运河，东流归大海。杭甬运河正以崭新的姿态奔流在浙江大地上。

采撷芳华

一、什么是内河运输

寻思漫步

（1）你知道什么是内河吗？
（2）世界上内河运输发达的国家有哪些？
（3）请列举一些宁波市的江河名称。

指点迷津

处于一个国家之中的河流，叫做该国的"内河"。

世界上内河航道里程较长的国家有俄罗斯、中国、巴西、美国。美国内河航道已形成以密西西比河为干线的航道网，其干线及主要支流已根据需要实现了渠化，其北部与五大湖相沟通，沿圣劳伦斯海道可东出大西洋，河口同墨西哥湾沿岸运河相连，采用统一的标准水深2.74米，长达9700千米，约占干支流总里程的50%。西欧莱茵河源于瑞士，经法国、德国，在荷兰入北海，其干、支流均已渠化或治理，并与易北河和威悉河相沟通。经过几十年的建设已完成了莱茵—美国—多瑙运河工程，使莱茵河与多瑙河相沟通，可东出黑海。这一航道网通航1350吨自航驳，航道网总长2万多千米。在中国，流域面积1000平方千米以上的河流有1500多条，大小湖泊有900多个。但可通航500吨级以上船舶的尚不足航道总里程的10%，大部分航道仅能通航100吨级以下小船。中国内河航道主要分布在长江、珠江、淮河及黑龙江水系。其中长江、珠江和淮河3个水系通航里程占全国通航总里程的82.3%。长江水系航道的总体条件最好，里程7万余千米，占全国通航里程的70%，长江干线通航里程为3638.5千米。

经典概念

内河运输是指使用船舶通过国际内江湖河川等天然或人工水道，运送货物和旅客的一种运输方式。它是水上运输的一个组成部分，是内陆腹地和沿海地区的纽带，也是边疆地区与邻国边境河流的连接线，在现代化的运输中起着重要的辅助作用。

二、内河运输的特点

与铁路、公路相比，内河运输存在着速度慢、时效性不强等弱点的同时，也存在着投资少、运力大、成本低、能耗低的优势。内河运输适合运送时效性要求不强的大宗货物和集装箱货物，尤其是运输费用占整个售价较大比例的大宗货物，内河运输具有明显的优势。

铁路运输具有速度快、能力大等优点。不足之处在于铁路建设投资大、占用耕地，运输费用比水运高，适合于中长距离的客运和时效性较强的中长距离的大宗货物运输。

公路运输具有速度快、四通八达、方便灵活等优点；同时公路建设占用大量耕地、运输能耗大，成本比铁路较高，比水运更高。适合客运和中段距离的货物运输。

因此，从根本上来说，内河运输作为综合运输体系的一个重要组成部分，在流通领域综合运输体系中仍将占据自己应有的地位，具有不可替代的重要作用。

想一想

内河运输相对于其他运输方式，有哪些优缺点？

三、内河货运的业务流程

内河货运流程图如图4-7所示。

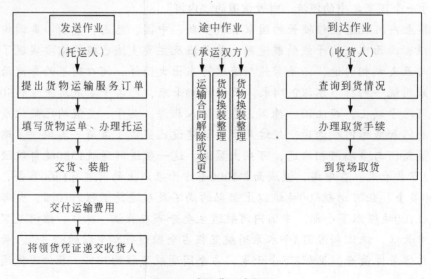

图4-7　内河货运流程图

1. 货运安排

（1）订舱：托运人或本公司向班轮公司或其代理人（即承运人）申请货物运输，承运人对这种申请给予承诺之后准备装货。

（2）确定航次货运任务：综合考虑各标货物的性质、包装和重量及尺码等因素，确定某一船舶在某一航次所装货物的种类和数量，确定装货时间和路线等，做好一切准备工作。

2. 货物装配流程

（1）接收货物：当客户订单下来后首先确认货物的大小规格以及数量等，然后公司进行专门的车辆安排，在车辆到达货物停放地点后拿单装货。在货物装载过程中，严格按照轻重货物装载规范来操作，尽力做到不发生货损货缺事故，货物装载完之后检查核对订单与实际货物数量等，及时发车，确保车辆安全到达水运码头或港口。

（2）接货装船：按规定将所托运的货物送至船边，进行货物的交接和装船作业。对于特殊的货物，如危险货物、鲜活货、贵重货、重大件货物等，采取现装或直接装船的方式。对于普通货物，由班轮公司在各装货港指定装船代理人在指定地点接受托运人送来的货物，将货物集中整理后按次序装船。

（3）卸船交接作业：将船舶所承运的货物在提单上载明的卸货港从船上卸下，并在船边交给收货人并办理货物的交货手续。

对于普通货物，通常先将货物卸至码头仓库，进行分类整理后，再向收货人交付。

对于危险货物、重大件等特殊货物，通常采取由收货人办妥手续后来船边接收货物，并办理交接手续。

想一想

内河货运的业务流程是怎样的？与远洋运输比较，它们存在哪些本质区别？

辩一辩

假设今年春节，你们全家要一起从宁波出发去北京旅游，那么你会选择哪种交通运输工具呢？

山西以煤炭著称。若将该地一批30万吨煤炭运往上海，从节省运费考虑，请你设计一种最为经济合理的运输方式组合，并与你观点不同的同学进行辩论。

辩题素材

在各种运输方式中，如何选择适当的运输方式是物流合理化的重要问题。一般来讲，应从物流系统要求的服务水平和允许的物流成本来决定。

关于货物品种及性质、形状，应在包装项目中加以说明，选择适合这些货物特性和形状的运输方式，货物对运费的负担能力也要认真考虑。

运输时间必须与交货日期相联系，应保证运输时限。必须调查各种运输工具所需要

的运输时间，根据运输时间来选择运输工具。运输时间的快慢顺序一般情况下依次为航空运输、汽车运输、铁路运输、水路运输。各运输工具可以按照它的速度编组来安排日程，加上它的两端及中转的作业时间，就可以算出所需的运输时间。

运输成本因货物的种类、重量、容积、运距不同而不同。而且运输工具不同，运输成本也会发生变化。在考虑运输成本时，必须注意运费与其他物流子系统之间存在着互为利弊的关系，不能只考虑运输费用来决定运输方式，要由全部总成本来决定。

从运输距离看，一般情况下可以依照以下原则：300千米以内，用汽车运输；300～500千米的区间，用铁路运输；500千米以上，用水路运输。

再看一下运输批量的影响，因为大批量运输成本低，应尽可能使商品集中到最终消费者附近，选择合适的运输工具进行运输是降低成本的良策。一般来说，15～20吨以下的商品用汽车运输；15～20吨以上的商品用铁路运输；数百吨以上的原材料之类的商品，应选择水路运输。

回眸一瞥

快照浏览

甬江水系组成	杭 甬 运 河	内河航运的特点	内河货运的业务流程

清点收获

小组		成员姓名				
	项　　目	分值	自评30%	组评40%	师评30%	合计100%
评价内容	参与讨论的积极性	20				
	语言表达能力	20				
	发言及辩论的深度和广度	20				
	沟通能力	20				
	专业知识点掌握情况	20				
合　　计		100				

晨思暮问

（1）看了杭甬运河的伟大杰作，作为宁波人的你能够为自己的家乡做哪些有益的事？

（2）作为东方海运大港，针对目前宁波的内河运输现状，你认为还有哪些不足需要提高改进？

（3）针对这些问题，有什么好的办法和措施去解决呢？

第五篇 跨海长虹 路网交织
——公路货运

视角360

宁波地处我国大陆海岸线中段，长江三角洲南翼，具有良好的地理区位优势。但由于种种原因，宁波的陆上交通长期处于末端城市地位，使宁波良好的地理区位优势不能得到有效发挥。改革开放以来，宁波充分发挥港口优势，全面实施以港口为龙头、以大桥为重要枢纽的综合交通发展战略，优化公路交通空间格局，完善公路交通网络体系，促进宁波从区域交通末端地位向交通枢纽地位的根本性转变，基本上奠定了宁波作为长江三角洲南翼交通枢纽的地位，并向现代化国际深水枢纽港，实现交通现代化的目标而努力（图5-1）。下面来了解探索宁波的公路交通现状和宁波未来的公路交通发展趋势，关注身边的公路交通问题，探求公路运输对物流的影响力。

图5-1 宁波北高速立交桥

一、长期处于末端的宁波交通

宁波地处祖国大陆海岸线中段，东临东海，北濒杭州湾，具有海陆兼备的良好地理位置。但由于受长江、杭州湾两大天堑的阻隔，自火车、汽车等现代交通工具问世以来，宁波长期处于陆上交通末端城市的地位（图5-2）。随着宁波港口的快速发展，海上交通枢纽的逐渐形成，与陆上交通滞后的矛盾日益突出，极大地制约了宁波港的开发利用、宁波城市的发展、宁波区域中心城市作用的发挥。

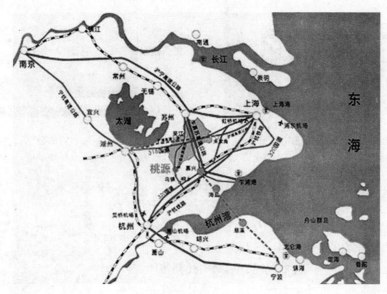

图5-2　宁波区位图

由于受长江、杭州湾两大天堑的阻隔，以上海为起点的长江三角洲地区铁路、公路主要干道为扭曲成Z字形。杭州与宁波之间虽有铁路和公路相连，但在全国路网总体布局中，仅为一段160千米长、"盲肠式"的支线，从宁波到上海和苏南、苏北地区必须绕道杭州湾，呈V字形走向。公路、铁路等交通枢纽，到了宁波，便宛如路走到了尽头，使得宁波长期处于陆上末端城市的地位。

长期以来，宁波陆上的交通条件很差，1994年前，对外交通基本上只有向西一条通道。向北受杭州湾水域阻隔，向东是大海，向南也只有一条等级不高的省道公路。对外铁路仅有萧甬铁路复线一条；杭甬运河通航标准太低，内河航运能力十分有限；机场航运能力也不够强劲。

正是因为宁波处于一个尴尬的交通末端，宁波商人去一趟上海，需要环绕杭州湾，取道绍兴、杭州、嘉兴等地，耗费比直线距离两倍多的路程，才能到达上海，大大增加了交易的成本，影响效率和效益。宁波企业"走出去"和外地企业"走进来"都同样艰难。这不仅使宁波企业向外扩张的难度加大，也使宁波错过了很多投资和贸易的机会。

二、"基本适应"连续跨越式发展

从图5-3、图5-4可以看出，宁波公路交通近几年得到了跨越式发展。2010年年底，全市公路网总里程首次突破万千米达到10 200千米，公路网密度将达到102.7千米/百平方千米。其中，高速公路里程达到370千米，一级公路里程达到800千米，二级公路里程达到880千米，三级公路里程达到1502千米，四级公路里程达到6059千米。"一环六射"（图5-5）高速公路网络基本形成，等级公路通村率达100%。建成了杭州湾跨海大桥、大桥南连接

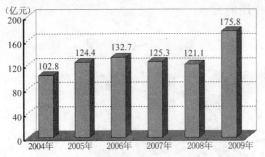

图5-3 2004—2009年宁波市历年交通
基本投资比较

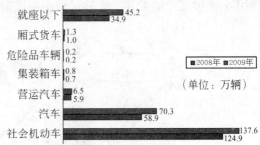

图5-4 2008—2009年公路运力比较

线、绕城高速西段、大契疏港高速、舟山大陆连岛工程金塘大桥宁波接线；完成杭甬高速宁波段拓宽改造；开工建设绕城高速东段、象山港大桥及接线、穿山疏港高速公路；启动杭甬复线高速公路、杭州湾大桥至杭甬高速连接线项目前期工作等。与此同时，沿海中线鄞州段及奉化段、杭州湾跨海大桥余慈连接线、高速公路江北连接线等一批干线公路加快推进或建成。农村公路进入联网建设阶段。到2015年，宁波市公路网里程将达到1.18万千米，其中高速公路总里程达到613千米，高速公路网络基本形成，国家级客运枢纽场站达到两个。

图5-5 宁波公路运输"一环六射"示意图

"十二五"期间宁波市公路建设重点将包括以下4个方面。

（1）高速公路。稳步推进高速公路网络建设，基本形成"一环六射"高速公路网主骨架格局。重点建设项目包括：续建宁波绕城高速公路东段、象山港大桥及接线、穿山疏港高速公路，新建三门湾大桥及接线、杭州湾跨海大桥杭甬高速连接线、杭甬高速复线宁波段一期工程和六横大桥宁波接线。

（2）干线公路。加强干线公路网改造和等级提高，重点建设项目包括：宁波至余姚公路（S61）工程、甬临线梅林至麻岙岭改道工程、盛宁线丹城至西泽段改建工程一期、浒溪线改道工程（奉化段）、大榭对外第二公路通道、奉化城区至莼湖公路工程、同三高速宁海互通至沿海高速蛇蟠互通连接线工程、余梁公路北延工程等。

（3）农村联网公路。进一步完善现有的农村公路网络，基本完成农村公路网络化建设。全面实施农村公路生态化建设，使全市农村公路路网及路容达到社会主义新农村的要求，基本满足农村经济社会发展的需求。新改建农村联网公路1095千米。

（4）公路运输场站。加强综合枢纽场站建设。新改建公路主要运输场站42个，其中国家公路运输主枢纽场站10个，包括综合客运枢纽场站3个：宁波客运南站、宁波邱隘客运站、宁波汽车东站；货运枢纽场站7个：穿山集装箱综合货运场站、邱隘集装箱综合货运场站、大榭集装箱综合货运场站、江北综合货运场站、空港综合货运场站、梅山保税港区综合货运场站、镇海大宗货物海铁联运枢纽港公路物流基地。

三、从末端交通融入对外大交通系统

宁波市对外交通基本形成以宁波港为起点，与长江三角洲，特别是杭州湾北岸及300~500千米范围内，具有便利的以高速公路为主的放射状快速公路网，并与全国国道主干线系统衔接的公路网系统；能通达全国主要内陆腹地的大能力对外铁路运输系统；经江海直达武汉及长江中下游沿江城市、沿海主要城市及经远洋干线到亚太及欧美的水运集装箱运输系统；直达国际主要城市的空中运输系统；发挥内河航运优势，扩建杭甬运河，形成与全国内河主要通道长江、京杭运河相通的内河运输系统；并通过配套齐全的港站、布局合理的场站，建立"一环六射"现代化、立体型对外交通网络体系。

小资料

"一环六射"公路网

"一环"，即宁波绕城高速公路，全长约86.6千米，是整个高速路网的核心和纽带。其功能在于疏导组织宁波外围各交通走廊不同方向的车辆出行需求，避免车辆大量过境市区给城市生活工作带来干扰。

"六射"包括：

（1）上海方向的杭州湾跨海大桥及南岸连接线，全长94千米，是宁波通往上海、江苏的捷径。

（2）杭州方向的杭甬高速公路，宁波境内全长68.3千米，原为4车道，目前已扩建为8车道。

（3）舟山方向的甬舟高速，跨越金塘水道，将宁波市、北仑港、金塘岛与舟山市连成一体，目前正在建设之中。

（4）金华方向的甬金高速公路，它连接上三高速和杭金衢高速，将宁波港腹地拓展到江西。

（5）台州、温州方向的甬台温高速公路，即同三国道主干线。

（6）甬台温复线宁波段，即象山港大桥及连接线，有望年内开工建设。

北向通道：由新建的宁波杭州湾跨海大桥及连接线组成，远期包括杭州湾跨海铁路。该通道是加强与上海及江苏等地区形成便捷联系的重要通道，也是宁波市对外通道近期应重点开拓和加强的通道。

东向通道：由甬舟高速公路及复线组成。该通道是宁波和舟山之间的重要通道，也是以后宁波—舟山港发展的重要条件。

西北向通道：由已经建成并将拓宽的杭甬高速公路及规划杭甬高速公路复线、电气化改造后的萧甬铁路、沪杭甬客运专线和整治后的杭甬运河组成。该通道是宁波最主要的大能力、综合性对外主通道。公路可以沟通与全国公路国道主干线系统、长江三角洲地区高速公路网以及浙江省公路网的联系；通过铁路可经在建、新建和规划建设的相关

铁路，沟通与沪杭、宁杭等长三角城际铁路；通过正在加紧建设和改造的杭甬运河，可沟通钱塘江水系、京杭运河及江南水网和长江干线等全国主要内河航运主干线。

西南向通道：由已建的甬金高速公路、达到一级公路标准的省道江拔线和规划的甬金铁路组成，经沪瑞国道主干线高速公路、浙赣、湘黔、贵昆等铁路，形成宁波至华中、西南地区的综合性、大能力、快速的对外通道网络。

南向通道：由开始新建的甬台温铁路及国道主干线、甬台温高速公路和达到一级公路标准的省道甬临线组成。该通道是沟通宁波与经济发达的华南沿海各大主要城市交通联系的大能力、综合性交通要道，通过粤海陆岛通道还可达我国最南端的海南省。

在此基础上，"三辐"是指象山沿海高速公路、沿海北线和甬舟第二通道；"四连"为杭州湾跨海大桥上虞连接线、余姚连接线、象山沿海高速公路石浦连接线和沿海中线；"二疏港"指穿山疏港高速公路、北仑疏港高速公路；"一通道"指宁波杭州湾跨海大桥。根据这个规划，到2020年宁波市高速公路网基本建成后，全市高速公路里程将达到700千米，高速公路密度达到每百平方千米7.5千米，高速公路网直接覆盖全市所有的县级城市和规划人口5万人以上的13个中心城镇，高速公路网内平均车速可达到每小时90千米以上，从而形成宁波市"213"对外交通圈，即宁波至上海、杭州、金华、温州的2小时交通圈，大市范围内的1小时交通圈，都市区的30分钟交通圈。届时，港口腹地将得到进一步拓展，车辆在离开港区分界线后5~10分钟即可进入疏港高速公路。

◉ 聚焦精彩

二桥飞架南北，天堑变通途——交通是经济社会发展的基础产业和先导产业，经济要发展，交通须先行。为改变宁波城市长期处于交通末端的局面，把宁波建设成为长三角南翼交通枢纽，为宁波经济社会快速发展创造了良好的交通条件。从1995年起宁波开始进行大规模的交通建设。经过八年多努力，宁波交通实现了从"瓶颈制约"到"基本适应"的历史性跨越，一个"人便于行，货畅其流"的大交通格局初步显现，以港口和城市为中心的陆海空集疏运网络体系初步形成。

一、杭州湾跨海大桥

杭州湾大桥是我国国道主干线中同三线（黑龙江同江至海南三亚）跨越杭州湾的便捷通道，是浙江省公路网主骨架的重要组成部分，也是宁波直接与上海联系的一条向北的便捷通道。桥址北起嘉兴海盐县郑家埭，南至宁波慈溪市庵东，全长36千米，其中桥长33千米，是当今世界上最长的跨海公路大桥（图5-6）。工程总投资约118亿元。

图5-6 宁波杭州湾跨海大桥线路示意图

杭州湾大桥的建成，一方面将打开宁波的北大门，打通上海的南翼，形成沪、杭、甬城市之间两小时交通圈的"金三角"地区，促进地区交通乃至经济的可持续发展；另一方面，使以往从宁波到上海、苏南等地必须绕道杭州湾的V字形走向，改变成为S字形走向，浙东南的温州、台州等地区与上海、苏南地区之间的交通流，将直接过境宁波；加之已建、在建和拟建的杭甬、甬金高速公路以及甬金、甬温铁路等，宁波的对外交通网络将得到进一步完善和优化，成为全国路网布局中的重要节点，从根本上改变宁波长期处于交通末梢的地位，进而确立其在长三角南翼地区的交通枢纽地位。

寻思漫步

大桥为什么是S形的？

杭州湾大桥的S形桥型不仅仅是为了追求漂亮（图5-7）。建高速公路有科学的要求，直段不能太长，否则容易使司机产生视觉疲劳；其次桥梁各段的桥轴线应尽量与涨潮和落潮的主流垂直，以减少建桥对水流的影响，同时也是为了保证船舶的安全通行。

图5-7　杭州湾大桥妩媚S形

在桥上想看风景怎么办？

在大桥中部偏南处有一个面积约一万平方米的海上平台，它通过"桥上架桥"的方式与大桥相连。在大桥施工阶段，海上平台为施工队伍提供生活保障，大桥建成后，它将被改造成具有旅游观光功能的人工岛（图5-8）。游客开车上大桥后想欣赏一下风光，可以在这个人工岛上一览无遗。

车在桥上发生故障怎么办？

大桥虽然是双向6车道，但两边都保留了一个3米宽的紧急停车带（图5-9），车子发生故障后可以紧急靠边停泊。在桥上每隔5000米还设有一个调头区。

图5-8　杭州湾大桥人工岛夜景

图5-9　杭州湾大桥紧急停车带

二、舟山跨海大桥

舟山跨海大桥（又名舟山大陆连岛工程），是国家高速公路网甬舟高速公路

（G9211）的主要组成部分（图5-10）。跨海大桥由浙江省交通投资集团投资建设，起自舟山本岛的329国道鸭蛋山的环岛公路，经舟山群岛中的里钓岛、富翅岛、册子岛、金塘岛至宁波镇海区，与宁波绕城高速公路和杭州湾大桥相连接（图5-11）。舟山跨海大桥跨4座岛屿，翻9个涵洞，穿2个隧道，投资130亿元。2009年12月25日下午在金塘岛举行了大桥通车仪式；当晚23时58分，大桥正式对社会车辆开放。

图5-10　孤悬海中的千岛架起幸福彩虹

图5-11　舟山跨海大桥地理位置图

长期以来，因一水相隔，舟山孤悬海外，海岛经济受到极大制约。弃水登陆，直抵彼岸，成了舟山人心中越来越强烈的一个梦想。1999年9月26日，这个梦想终于可以实现了。在国家有关部门和浙江省委、省政府的高度重视下，舟山大陆连岛工程这雄浑壮丽诗篇的第一章——岑港大桥正式动工。整个连岛工程由金塘、西堠门、桃夭门、响礁门和岑港五座跨海大桥及接线公路组成，起于舟山本岛，途经里钓、富翅、册子、金塘四岛，与规划中的杭绍甬高速公路相接，接点位于镇海炼化厂西侧，全长约50千米。2003年，岑港大桥、响礁门大桥、桃夭门大桥全部建成，2004年完成扫尾工作。3座大桥被称做大陆连岛工程一期工程，总投资11亿元。2005年2月舟山大陆连岛工程最为关键一环——金塘大桥、西堠门大桥项目获国家正式立项。作为大陆连岛工程二期工程，是舟山有史以来最大的基础设施建设项目，总投资超过100亿元。整座跨海大桥建成后，舟山与宁波、杭州的车程距离将大大缩短，再加上已经建成的杭州湾大桥，舟山经杭州湾南岸到达上海的车程也将缩短到3小时，将使舟山更紧密地融入长三角经济圈。舟山将全面进入大桥时代。

舟山跨海大桥包含岑港大桥、响礁门大桥、桃夭门大桥、西堠门大桥和金塘大桥5座大桥，全长48千米，按高速公路标准设计，双向四车道，设计行车速度为100千米/小时，路基宽度22.5米，桥涵同路基同宽。其中多座特大桥跨径均进入世界前10名。其中，跨越西堠门水道、连接金塘岛和册子岛的西堠门大桥，是世界上仅次于日本明石海峡大桥的大跨度悬索桥。

💻 指点迷津

如果你想驱车前往舟山跨海大桥，你知道怎么走吗？

杭州方向：

从杭甬高速过来的车辆，可在宁波高桥互通转上绕城高速，往保国寺方向到前洋互

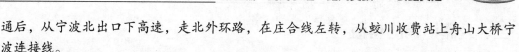

通后，从宁波北出口下高速，走北外环路，在庄合线左转，从蛟川收费站上舟山大桥宁波连接线。

上海、嘉兴方向：

从杭州湾跨海大桥过来的车辆，到前洋互通后，从宁波北出口下高速，走北外环路，在庄合线左转，从蛟川收费站上宁波连接线。

宁波方向：

从宁波过来的车辆，可从宁波世纪大道过常洪隧道走329国道，至北外环路右转，驶上镇海庄合线，从蛟川收费站上舟山跨海大桥宁波连接线。

台州、温州方向：

从甬台温高速过来的车辆，上姜山互通后，转上绕城高速西段，到前洋互通后，从宁波北出口下高速，走北外环路，在庄合线左转，从蛟川收费站上宁波连接线。

高速交警还提醒，万一车辆错过了宁波北出口，可以从保国寺出口下，走地方公路骆观线，行至329国道右转，至北外环路左转，往庄合线方向从蛟川收费站上宁波连接线。

一、什么是公路运输

寻思漫步

（1）你知道运输货物的方式有哪些吗？

（2）公路运输在物流业的地位和作用如何？

（3）说说你身边的公路运输现象。

（4）你觉得公路运输和其他运输方式的合理搭配如何？

指点迷津

公路运输（highway transportation）是在公路上运送旅客和货物的运输方式，是交通运输系统的组成部分之一，主要承担短途客货运输。现代所用运输工具主要是汽车。因此，公路运输一般即指汽车运输。在地势崎岖、人烟稀少、铁路和水运不发达的边远和经济落后地区，公路为主要运输方式，起着运输干线作用。

公路运输是19世纪末随着现代汽车的诞生而产生的。初期主要承担短途运输业务。第一次世界大战结束后，基于汽车工业的发展和公路里程的增加，公路运输走向发展的阶段，不仅是短途运输的主力，并进入长途运输的领域。第二次世界大战结束后，公路运输发展迅速。欧洲许多国家和美国、日本等国已建成比较发达的公路网，汽车工业又提供了雄厚的物质基础，促使公路运输在运输业中跃居主导地位。发达国家公路运输完成的客货周转量占各种运输方式总周转量的90%左右。

二、公路运输的特点

公路运输具有以下8个特点。

1. 机动灵活，适应性强

由于公路运输网一般比铁路、水路网的密度要大十几倍，分布面也广，因此公路运输车辆可以"无处不到、无时不有"。公路运输在时间方面的机动性也比较大，车辆可随时调度、装运，各环节之间的衔接时间较短。尤其是公路运输对客、货运量的多少具有很强的适应性，汽车的载重吨位有小（0.25~1吨左右）有大（200~300吨左右），既可以单个车辆独立运输，也可以由若干车辆组成车队同时运输，这一点对抢险、救灾工作和军事运输具有特别重要的意义。

2. 可实现"门到门"直达运输

由于汽车体积较小，中途一般也不需要换装，除了可沿分布较广的路网运行外，还可离开路网深入到工厂企业、农村田间、城市居民住宅等地，即可以把旅客和货物从始发地门口直接运送到目的地门口，实现"门到门"直达运输。这是其他运输方式无法与公路运输比拟的特点之一。

3. 在中、短途运输中，运送速度较快

在中、短途运输中，由于公路运输可以实现"门到门"直达运输，中途不需要倒运、转乘就可以直接将客货运达目的地，因此，与其他运输方式相比，其客、货在途时间较短，运送速度较快。

4. 原始投资少，资金周转快

公路运输与铁、水、航运输方式相比，所需固定设施简单，车辆购置费用一般也比较低，因此，投资兴办容易，投资回收期短。据有关资料表明，在正常经营情况下，公路运输的投资每年可周转1~3次，而铁路运输则需要3~4年才能周转一次。

5. 掌握车辆驾驶技术较易

与火车司机或飞机驾驶员的培训要求来说，汽车驾驶技术比较容易掌握，对驾驶员的各方面素质要求也相对比较低。

6. 运量较小，运输成本较高

目前，世界上最大的汽车是美国通用汽车公司生产的矿用自卸车，长20多米，自重610吨，载重350吨左右，但仍比火车、轮船少得多；由于汽车载重量小，行驶阻力比铁路大9~14倍，所消耗的燃料又是价格较高的液体汽油或柴油，因此，除了航空运输，就是汽车运输成本最高了（图5-12）。

7. 运行持续性较差

据有关统计资料表明，在各种现代运输方式中，公路的平均运距是最短的，运行持续性较差。如我国1998年公路平均运距客运为55千米，货运为57千米，铁路客运为395千米，货运为764千米。

8. 安全性较低，污染环境较大

图5-12　公路运输车辆

据历史记载，自汽车诞生以来，已经吞吃掉3000多万人的生命，特别是自20世纪90年代开始，死于汽车交通事故的人数急剧增加，平均每年达50多万。这个数字超过了艾滋病、战争和结核病人每年的死亡人数。汽车所排出的尾气和引起的噪声也严重地威胁着人类的健康，是大城市环境污染的最大污染源之一。

三、公路运输的组织与经营

公路运输的组织和经营方式主要有以下4种：①将车辆出租给用户定次、定程或定期使用。②根据运输合同或协议派车完成运输任务。一般用于货物运输。③组织定线、定站、定时的客货运班车。客运班车是公路汽车旅客运输的主要形式。货运班车是汽车零担货物运输的主要形式，因此一般为零担货运班车。④按用户托运货物的要求，调派、组织车辆合理运行。为了提高公路运输效率和降低运输成本，公路运输的组织形式和方法不断有新的发展。已广泛开展汽车集装箱运输（见集装箱运输）、拖挂运输、集中运输等。拖挂运输是以汽车列车取代普通载货汽车运输货物，它可以增大车辆的载重量。汽车列车是由牵引车或汽车与挂车组成，两者间能摘能挂，既可按需要灵活调配车辆，又可实行甩挂运输。甩挂运输是在一点装货和一点卸货，或一点装货和多点卸货，或多点装货和一点卸货的固定线路上，配备数量多于汽车或牵引车的挂车，以便到达装卸货点时，甩下挂车装卸货，而汽车或牵引车可挂走已装卸货的挂车，进行穿梭式的往复运输。集中运输是由一个汽车运输单位把货物从一个发货点（如车站、码头、仓库等）运往许多收货点，或从许多货物点运往一个收货点，这样收、发货单位不必派人取送货物，节省了人力；还可以合理调度车辆，减少车辆空驶，提高运输效率；并为使用汽车列车、专用运输汽车和装卸机械创造了有利的条件。

四、公路运输的运费

公路运费均以"吨／里"为计算单位，一般有两种计算标准:一是按货物等级规定基本运费费率，一是以路面等级规定基本运价。凡是一条运输路线包含两种或两种以上的等级公路时，则以实际行驶里程分别计算运价。特殊道路，如山岭、河床、原野地段，则由承托双方另议商定。

公路运费费率分为整车（FCL）和零担（LCL）两种，后者一般比前者高

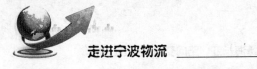

30%~50%，按我国公路运输部门规定，一次托运货物在2.5吨以上的为整车运输，适用整车费率；不满2.5吨的为零担运输，适用零担费率。凡一千克重的货物，体积超过四立方分米的为轻泡货物（或尺码货物，measurement cargo）。整车轻泡货物的运费按装载车辆核定吨位计算；零担轻泡货物，按其长、宽、高计算体积，每四立方分米折合一千克，以千克为计费单位。此外，尚有包车费率（lump sum rate），即按车辆使用时间（小时或天）计算。

五、公路运输行业

运输行业的重要性随着经济的不断发展而快速提高，不管是旅客运输还是货物运输的发展与变化都成为国民经济发展的重要部分，而在其中公路运输又成为运输行业的重中之重（图5-13）。

公路运输随着治超的深入以及降低大吨位车辆路桥通行费等政策措施的落实，运价水平回落，货运量将保持较快的增长，运输市场将出现供大于求的局面。我国公路在客运量、货运量、客运周转量等

图5-13 宁波中通物流外景

方面均遥遥领先于其他运输方式的总和。根据交通部规划，2010年，公路总里程达到210万~230万千米，全面建成"五纵七横"国道主干线，目前人口在20万以上的城市高速公路连接率将达到90%，高速公路总里程达到5万千米。

六、多式联运

🎯 辩一辩

在多式联运中公路运输怎样才能更协调地起到衔接作用？试说明你的理由。

🏀 辩题素材

多式联运服务，就是通过多种运输模式的组合完成客户门到门或某一段的运输服务。例如，使用汽车将产品自客户工厂短驳到火车站，通过火车运输到目的城市，再使用汽车自火车站将货品送至最终收货客户的仓库。

最常见的多式联运方式有：公路+铁路+公路，公路+航空+公路，公路+海运/内河+公路。

1. 国际多式联运

由于国际多式联运具有其他运输组织形式无可比拟的优越性，因而这种国际运输新技术已在世界各主要国家和地区得到广泛的推广和应用。目前，有代表性的国家多式联

运主要有远东／欧洲、远东／北美等海陆空联运。其组织形式如下。

（1）海陆联运

海陆联运是国际多式联运的主要组织形式，也是远东／欧洲多式联运的主要组织形式之一。目前组织和经营远东／欧洲海陆联运业务的主要有班轮公会的三联集团、北荷、冠航和丹麦的马士基等国际航运公司，以及非班轮公会的中国远洋运输公司、中国台湾长荣航运公司和德国那亚航运公司等。这种组织形式以航运公司为主体，签发联运提单，与航线两端的内陆运输部门开展联运业务，与陆桥运输展开竞争。

（2）陆桥运输

在国际多式联运中，陆桥运输（land bridge service）起着非常重要的作用。它是远东／欧洲国际多式联运的主要形式。所谓陆桥运输是指采用集装箱专用列车或卡车，把横贯大陆的铁路或公路作为中间"桥梁"，使大陆两端的集装箱海运航线与专用列车或卡车连接起来的一种连贯运输方式。严格地讲，陆桥运输也是一种海陆联运形式。只是因为其在国际多式联运中的独特地位，故在此将其单独作为一种运输组织形式。目前，远东／欧洲的陆桥运输线路有西伯利亚大陆桥和北美大陆桥。

① 西伯利亚大陆桥

西伯利亚大陆桥（Siberian Landbridge, SLB）是指使用国际标准集装箱，将货物由远东海运到俄罗斯东部港口，再经跨越欧亚大陆的西伯利亚铁路运至波罗的海沿岸如爱沙尼亚的塔林或拉脱维亚的里加等港口，然后再采用铁路、公路或海运运到欧洲各地的国际多式联运的运输线路。

西伯利亚大陆桥于1971年由苏联对外贸易运输公司正式确立。现在全年货运量高达10万标准箱（TEU），最多时达15万标准箱。使用这条陆桥运输线的经营者主要是日本、中国和欧洲各国的货运代理公司。其中，日本出口欧洲杂货的1/3，欧洲出口亚洲杂货的1/5是经这条陆桥运输的。由此可见，它在沟通亚欧大陆、促进国际贸易中所处的重要地位。

西伯利亚大陆桥运输包括"海铁铁"、"海铁海"、"海铁公"和"海公空"等四种运输方式。由俄罗斯的过境运输总公司（SOJUZTRANSIT）担当总经营人，它拥有签发货物过境许可证的权利，并签发统一的全程联运提单，承担全程运输责任。至于参加联运的各运输区段，则采用"互为托、承运"的接力方式完成全程联运任务。可以说，西伯利亚大陆桥是较为典型的一条过境多式联运线路。

西伯利亚大陆桥是目前世界上最长的一条陆桥运输线。它大大缩短了从日本、远东、东南亚及大洋洲到欧洲的运输距离，并因此而节省了运输时间。从远东经俄罗斯太平洋沿岸港口去欧洲的陆桥运输线全长13 000千米。而相应的全程水路运输距离（经苏伊士运河）约为20 000千米。从日本横滨到欧洲鹿特丹，采用陆桥运输不仅可使运距缩短1/3，运输时间也可节省1/2。此外，在一般情况下，运输费用还可节省20%~30%左右，因而对货主有很大的吸引力。

由于西伯利亚大陆桥所具有的优势，因而随着它的声望与日俱增，也吸引了不少远东、东南亚以及大洋洲地区到欧洲的运输，使西伯利亚大陆桥在短短的几年时间中就有了迅速发展。但是，西伯利亚大陆桥运输在经营管理上存在的问题如港口装卸能力不

足、铁路集装箱车辆的不足、箱流的严重不平衡以及严寒气候的影响等在一定程度上阻碍了它的发展。尤其是随着我国兰新铁路与中哈边境的土西铁路的接轨，一条新的"欧亚大陆桥"形成，为远东至欧洲的国际集装箱多式联运提供了又一条便捷路线，使西伯利亚大陆桥面临严峻的竞争形势。

②北美大陆桥

北美大陆桥（North American Landbridge）是指利用北美的大铁路从远东到欧洲的"海陆海"联运。该陆桥运输包括美国大陆桥运输和加拿大大陆桥运输。美国大陆桥有两条运输线路：一条是从西部太平洋沿岸至东部大西洋沿岸的铁路和公路运输线；另一条是从西部太平洋沿岸至东南部墨西哥湾沿岸的铁路和公路运输线。美国大陆桥于1971年年底由经营远东／欧洲航线的船公司和铁路承运人联合开办"海陆海"多式联运线，后来美国几家班轮公司也投入营运。目前，主要有四个集团经营远东经美国大陆桥至欧洲的国际多式联运业务。这些集团均以经营人的身份，签发多式联运单证，对全程运输负责。加拿大大陆桥与美国大陆桥相似，由船公司把货物海运至温哥华，经铁路运到蒙特利尔或哈利法克斯，再与大西洋海运相接。

北美大陆桥是世界上历史最悠久、影响最大、服务范围最广的陆桥运输线。据统计，从远东到北美东海岸的货物有大约50%以上是采用双层列车进行运输的，因为采用这种陆桥运输方式比采用全程水运方式通常要快1~2周。例如，集装箱货从日本东京到欧洲鹿特丹港，采用全程水运（经巴拿马运河或苏伊士运河）通常约需5~6周时间，而采用北美陆桥运输仅需3周左右的时间。

随着美国和加拿大大陆桥运输的成功营运，北美其他地区也开展了大陆桥运输。墨西哥大陆桥（Mexican Land bridge）就是其中之一。该大陆桥横跨特万特佩克地峡（Isthmus Tehuantepec），连接太平洋沿岸的萨利纳克鲁斯港和墨西哥湾沿岸的夸察夸尔科斯港，陆上距离182 n mile。墨西哥大陆桥于1982年开始营运，目前其服务范围还很有限，对其他港口和大陆桥运输的影响还很小。

在北美大陆桥强大的竞争面前，巴拿马运河可以说是最大的输家之一。随着北美西海岸陆桥运输服务的开展，众多承运人开始建造不受巴拿马运河尺寸限制的超巴拿马型船（post–Panamax ship），从而放弃使用巴拿马运河。可以预见，随着陆桥运输的效率与经济性的不断提高，巴拿马运河将处于更为不利的地位。

③其他陆桥运输形式

北美地区的陆桥运输不仅包括上述大陆桥运输，而且还包括小陆桥运输（minibridge）和微桥运输（microbridge）等运输组织形式。

小陆桥运输从运输组织方式上看与大陆桥运输并无大的区别，只是其运送的货物的目的地为沿海港口。目前，北美小陆桥运送的主要是日本经北美太平洋沿岸到大西洋沿岸和墨西哥湾地区港口的集装箱货物。当然也承运从欧洲到美西及海湾地区各港的大西洋航线的转运货物。北美小陆桥在缩短运输距离、节省运输时间上效果是显著的。以日本／美东航线为例，从大阪至纽约全程水运（经巴拿马运河）航线距离9700 n mile，运输时间为21~24天。而采用小陆桥运输，运输距离仅7400 n mile，运输时间为16天，可节省1周左右的时间。

微桥运输与小陆桥运输基本相似，只是其交货地点在内陆地区。北美微桥运输是指经北美东、西海岸及墨西哥湾沿岸港口到美国、加拿大内陆地区的联运服务。随着北美小陆桥运输的发展，出现了新的矛盾，主要反映在：如货物由靠近东海岸的内地城市运往远东地区（或反向），首先要通过国内运输，以国内提单运至东海岸交船公司，然后由船公司另外签发由东海岸出口的国际货运单证，再通过国内运输运至西海岸港口，然后海运至远东。货主认为，这种运输不能从内地直接以国际货运单证运至西海岸港口转运，不仅增加费用，而且耽误运输时间。为解决这一问题，微桥运输应运而生。进出美、加内陆城市的货物采用微桥运输既可节省运输时间，也可避免双重港口收费，从而节省费用。例如，往来于日本和美东内陆城市匹兹堡的集装箱货，可从日本海运至美国西海岸港口，如奥克兰，然后通过铁路直接联运至匹兹堡，这样可完全避免进入美东的费城港，从而节省了在该港的港口费支出。

（3）海空联运

海空联运又称为空桥运输（airbridge service）。在运输组织方式上，空桥运输与陆桥运输有所不同：陆桥运输在整个货运过程中使用的是同一个集装箱，不用换装；而空桥运输的货物通常要在航空港换入航空集装箱。不过，两者的目标是一致的，即以低费率提供快捷、可靠的运输服务。

海空联运方式始于20世纪60年代，但到20世纪80年代才得以较大的发展。采用这种运输方式，运输时间比全程海运少，运输费用比全程空运便宜，20世纪60年代，将远东船运至美国西海岸的货物，再通过航空运至美国内陆地区或美国东海岸，从而出现了海空联运。当然，这种联运组织形式是以海运为主，只是最终交货运输区段由空运承担，1960年年底，苏联航空公司开辟了经由西伯利亚至欧洲航空线，1968年，加拿大航空公司参加了国际多式联运，80年代，出现了经由中国香港地区、新加坡、泰国等至欧洲航空线。目前，国际海空联运线主要有以下几个。

① 远东—欧洲：目前，远东与欧洲间的航线有以温哥华、西雅图、洛杉矶为中转地，也有以香港、曼谷、海参崴为中转地。此外还有以旧金山、新加坡为中转地。

② 远东—中南美：近年来，远东至中南美的海空联运发展较快，因为此处港口和内陆运输不稳定，所以对海空运输的需求很大。该联运线以迈阿密、洛杉矶、温哥华为中转地。

③ 远东—中近东、非洲、澳洲：这是以香港、曼谷为中转地至中近东、非洲的运输服务。在特殊情况下，还有经马赛至非洲、经曼谷至印度、经香港至澳大利亚等联运线，但这些线路货运量较小。

总的来讲，运输距离越远，采用海空联运的优越性就越大。因为同完全采用海运相比，其运输时间更短；同直接采用空运相比，其费率更低。因此，从远东出发将欧洲、中南美以及非洲作为海空联运的主要市场是合适的。

2. 多式联运的分类

根据不同的原则，对多式联运可以有多种分类形式。但就其组织方式和体制来说，基本上可分为协作式多式联运和衔接式多式联运两大类。

（1）协作式多式联运

协作式多式联运是指两种或两种以上运输方式的运输企业，按照统一的规章或商定的协议，共同将货物从接管货物的地点运到指定交付货物的地点的运输。

协作式多式联运是目前国内货物联运的基本形式。在协作式多式联运下，参与联运的承运人均可受理托运人的托运申请，接收货物，签署全程运输单据，并负责自己区段的运输生产；后续承运人除负责自己区段的运输生产外，还需要承担运输衔接工作；而最后承运人则需要承担货物交付以及受理收货人的货损货差的索赔。在这种体制下，参与联运的每个承运人均具有双重身份。对外而言，他们是共同承运人，其中一个承运人（或代表所有承运人的联运机构）与发货人订立的运输合同，对其他承运人均有约束力，即视为每个承运人均与货方存在运输合同关系；对内而言，每个承运人不但有义务完成自己区段的实际运输和有关的货运组织工作，还应根据规章或约定协议，承担风险，分配利益。

目前，根据开展联运依据的不同，协作式多式联运可进一步细分为法定（多式）联运和协议（多式）联运两种。

① 法定（多式）联运。它是指不同运输方式运输企业之间根据国家运输主管部门颁布的规章开展的多式联运。目前铁路、水路运输企业之间根据铁道部、交通部共同颁布的《铁路水路货物联运规则》开展的水陆联运即属此种联运。在这种联运形式下，有关运输票据、联运范围、联运受理的条件与程序、运输衔接、货物交付、货物索赔程序以及承运之间的费用清算等，均应符合国家颁布的有关规章的规定，并实行计划运输。

这种联运形式无疑有利于保护货方的权利和保证联运生产的顺利进行，但缺点是灵活性较差，适用范围较窄，它不仅在联运方式上仅适用铁路与水路两种运输方式之间的联运，而且对联运路线、货物种类、数量及受理地、换装地也做出了限制。此外，由于货方托运前需要报批运输计划，给货方带来了一定的不便。法定（多式）联运通常适用于保证指令性计划物资、重点物资和国防、抢险、救灾等急需物资的调拨。

② 协议（多式）联运。它是指运输企业之间根据商定的协议开展的多式联运。比如，不同运输方式的干线运输企业与支线运输或短途运输企业，根据所签署的联运协议开展的多式联运，即属此种联运。

与法定（多式）联运不同，在这种联运形式下，联运采用的运输方式、运输票据、联运范围、联运受理的条件与程序、运输衔接、货物交付、货物索赔程序，以及承运人之间的利益分配与风险承担等，均按联运协议的规定办理。与法定（多式）联运相比，该联运形式的最大缺点是联运执行缺乏权威性，而且联运协议的条款也可能会损害货方或弱小承运人的利益。

（2）衔接式多式联运

衔接式多式联运是指由一个多式联运企业（以下称多式联运经营人）综合组织两种或两种以上运输方式的运输企业，将货物从接管货物的地点运到指定交付货物的地点的运输。在实践中，多式联运经营人既可能由不拥有任何运输工具的国际货代代理、场站经营人、仓储经营人担任，也可能由从事某一区段的实际承运人担任。但无论如何，他都必须持有国家有关主管部门核准的许可证书，能独立承担责任。

在衔接式多式联运下，运输组织工作与实际运输生产实现了分离，多式联运经营人负责全程运输组织工作，各区段的实际承运人负责实际运输生产。在这种体制下，多式联运经营人也具有双重身份。对于货方而言，他是全程承运人，与货方订立全程运输合同，向货方收取全程运费及其他费用，并承担承运人的义务；对于各区段实际承运人而言，他是托运人，与各区段实际承运人订立分运合同，向实际承运人支付运费及其他必要的费用。很明显，这种运输组织与运输生产相互分离的形式，符合分工专业化的原则，由多式联运经营人"一手托两家"，不但方便了货主和实际承运人，也有利于运输的衔接工作，因此，它是联运的主要形式。在国内联运中，衔接式多式联运通常称为联合运输，多式联运经营人则称为联运公司。我国在《合同法》颁布之前，仅对包括海上运输方式在内的国际多式联运经营人的权利与义务，在《海商法》和《国际集装箱多式联运规则》中做了相应的规定，对于其他形式下国际多式联运经营人和国内多式联运经营人的法律地位与责任，并未做出明确的法律规定。《合同法》颁布后，无论是国内多式联运还是国际多式联运，均应符合该多式联运合同中的规定，这无疑有利于我国多式联运业的发展壮大。

想一想

宁波的雅戈尔服装从生产厂商到美国沃尔玛经过了哪些运输方式？从每个环节中分析物流方式的作用。

看一看

在你所在的县（市）区有哪些类型的物流公司？这些物流公司分别采用哪些运输方式？

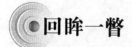

回眸一瞥

快照浏览

宁波公路运输网"一环六射"	两座跨海大桥的特点	公路运输的特点

清点收获

小组		成员姓名				
	项　目	分值	自评30%	组评40%	师评30%	合计100%
评价内容	参与讨论的积极性	20				
	语言表达能力	20				
	发言及辩论的深度和广度	20				
	沟通能力	20				
	专业知识点掌握情况	20				
合　计		100				

晨思暮问

（1）今天学习了这篇内容，你对宁波的公路运输发展有初步的认识吗？

（2）你对宁波的公路运输网能够跟别人介绍吗？

（3）如果我在宁波从事物流行业，你能够很好地利用公路运输的特点为企业服务吗？

第六篇 海铁联运 四通八达
——铁路货运

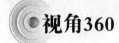视角360

一、宁波铁路的前世今生

1. 100年前——宁波开出的第一列火车只有两节车厢

宁波具有悠久的历史。早在七千年前，这块土地上的先民就创造了灿烂的河姆渡文化。东晋时，宁波修建了最早的城垣，建立了城池。明朝初年，宁波本来叫做明州府，因为要避国名的讳，所以改称宁波府，距今已有600多年的历史。宁波人第一次见到铁路是在1909年。那是一个风起云涌的时代，铁路以一种风驰电掣的速度在中国古老的大地上延伸。那时候，沪宁铁路刚刚全线通车，闻名遐迩的上海老北站刚刚建成，从萧山到宁波的萧甬铁路也开始测量了。1910年6月15日，商办浙江省铁路股份有限公司倡募股款，修筑沪杭甬铁路曹娥至宁波段。1912年（民国元年）12月22日，宁波至慈溪（今慈城）段通车，长18.19千米。宁波站建在江北槐树路（今江北公园处），首开客车一列，仅两节车厢。萧甬铁路全长78千米，用了三年半时间建成。在当时的技术条件下，这个速度算得上是飞速了。经过之处，光是桥梁就造了52座，平均一千米多就有一座桥梁。

1914年6月11日，宁波至曹娥段通车。杭州至曹娥段68千米的铁路，因为资金问题迟迟难以动工。从此，以曹娥江为界，宁波这头热闹非凡，西边却冷冷清清。等筹足资金再开始修建，已经是抗战前夕的1933年10月了。但地理上受曹娥江阻隔，而以当时的财力和技术，无法建造跨江铁路桥，因此萧山至宁波全线未能贯通。

1938年，国民党政府为抵御日本侵略者进犯，拆除了全线的钢轨。1942年，宁绍商车联营处又将宁波至曹娥段的路基改为汽车路。于是，耗时28年、花费大量财力精力建萧甬铁路化为乌有，宁波人的铁路梦破灭了！

2. 50年前——从宁波乘火车到上海要花10多个小时

新中国成立后，历经风雨的萧甬铁路迎来了春天。自1953年7月1日起，萧甬铁路分段重建。1955年1月连通萧山至曹娥段，6月至余姚，9月至慈溪（今慈城），12月12日至庄桥。本来一路顺畅的工程，此时却又一次发生障碍。原因是姚江青林渡铁路大桥两岸地基松软，路堤屡次塌方，而以当时的技术水平无法解决这一难题，工程无奈暂停。此后一段时间内，宁波市民欲坐火车北上，只能从庄桥上车。直至1957年14月1日，铁道部宁波基点试验组在苏联专家的帮助下，进行姚江大桥两岸软土筑路试验，两年后告成。1959年6月9日，庄桥至宁波南门段续修，9月30日竣工通车。至此，萧甬铁路全线贯通，宁波为终点站。前后算来，历时近50年，宁波人终于第一次圆了铁路梦。

从此，铁路成为宁波主要的交通工具，那时的火车时速是60千米。到上海要10多个小时。很多老宁波人还记得，上午7点多发往上海的客车到目的地时已是万家灯火了。20世纪60年代的宁波铁路如图6-1所示。

图6-1　20世纪60年代的宁波铁路一景

3. 改革开放后——宁波铁路客流翻了40倍，到上海只需3个半小时

进入20世纪80年代后，宁波火车站开始天翻地覆的巨变。

1982年，宁波北站货车站投入使用。它是集整车、零担、集装箱到发于一体的综合性一等货运站，是全路零担始发组织车站之一，也是宁波市设施最齐、规模最大的货运车站。开辟了广州、乌鲁木齐及东北三条五定班列专线及福州的城际班列专线，车站货运营销部还可办理全程代理运输，为货主提供实实在在的便捷服务。此外，宁波北站还兼办钢材、饲料市场和物流配送中心。

1986年9月，宁波增开甬沪特快列车1对，这是宁波铁路客运史上开行的第一对特快列车。到上海的时间从10多个小时缩至7个多小时。

1988年2月，宁波站翻新工程完工。新客运大楼坐南朝北，呈船形，东西长116米，南北宽30米，高17米，建筑面积5060平方米，设有大小6个候车厅，其中东西两个候车大厅采用中央空调，一次可容纳候车旅客2500~3000人。

1991年，宁波传出一个振奋人心的消息：铁道部投资4950万元对甬萧线进行技术改造，使其年货物通过能力从原来的750万吨提高到1200万吨，客车从8对增加到12对。

1993年7月，宁波站开通至包头直通旅客列车，开创了宁波铁路客运冲出上海的新篇章。此后，宁波相继开通了至北京、广州、吉林、合肥、成都、贵阳等地的长途旅游客车。接着宁波站又开通了至杭州、上海的城际列车。至此，宁波形成了以萧甬铁路为主干线，外连浙赣、沪杭线，内通宁波港区，贯通全国的铁路路网。

1996年11月，宁波至上海的双层旅游客车开通。1997年，这趟列车改为特级豪华列车。目前宁波至上海的特快城际列车均采用国内最先进的庞巴迪车体。

1998年5月20日，宁波火车站第二次改扩建完工。工程总投资4500万元，新铺设

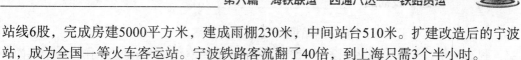

站线6股，完成房建5000平方米，建成雨棚230米，中间站台510米。扩建改造后的宁波站，成为全国一等火车客运站。宁波铁路客流翻了40倍，到上海只需3个半小时。

2005年上半年，宁波被列入全国50个铁路枢纽城市和18个铁路集装箱中心站城市之一，这标志着宁波火车站即将告别终端，成为我国的一大铁路枢纽。

4.2009年——宁波铁路由末梢向枢纽挺进

2009年，宁波铁路迎来了一个史无前例的建设高潮。沪甬（跨杭州湾）铁路、甬金铁路列入《国家中长期铁路网规划》；甬台温铁路年底全线正式运行。这是一条以客运为主、兼顾货运的快速路网干线。北起宁波，南至温州，沿途设奉化、宁海、三门、临海、台州、温岭、雁荡山、绅纺、乐清、永嘉、新温州等11个客站，台州南和温州南两个货站，线路全长282.4千米。温福铁路北接温州，在浙江境内经瑞安、鳌江、苍南站后进入福建省。两条铁路设计时速均为200千米，预留时速提升到250千米。是我国同类铁路中设计标准最高的铁路。建成通车后，浙江铁路运输格局将发生根本性的变化，从宁波到温州坐火车只需约90分钟。宁波、温州将由铁路末端变成铁路枢纽，台州结束无铁路的历史，浙江沿海地区与内陆之间的铁路运输将变得更加顺畅。浙江省将形成首个省内闭合铁路环网，待金温铁路扩能改造项目完成后，可构筑起"全省3小时快速铁路交通圈"。同时，甬台温铁路与金温铁路、浙赣铁路、萧甬铁路相连，在浙江省内形成环状，与沪杭线、宣杭线、浙赣线南段、温福线一并构成"一环四射"的总体格局；温福铁路浙江段完成铺轨，它是我国沿海铁路大通道的重要组成部分，北起温州，南抵福建福州，全长298千米，总投资174.8亿元。线路等级为国家铁路Ⅰ级。浙江段全长69千米，总投资48.83亿元，它是浙江在建的首条高等级铁路；萧甬铁路宁波段平改立工程年底基本完工；杭甬铁路客运专线确保12月前完成全线拆迁工作，并实现全线开工建设；铁路货运北环线初步设计完成预审，9月底完成先行用地审批，年底全线开工；火车北站迁建9月份实现部分工程开工。宁波火车南站改建宁波站工程3月份完成工程可行性上报等工作，9月底完成开工准备；改建后的宁波站比改建前扩大16倍多，面积相当于新建成的上海南站。月台增至8个，站场轨道增至14条。项目预算总投资31.7亿元，建设工期两年。据宁波铁路指挥部负责人介绍，地下部分是此次改建的亮点之一，下二层、下三层为地铁，下一层为地下集散厅，面积1.3万平方米，作为进出站旅客的换乘场所，实现铁路与城市轨道交通、市区公交以及出租车、社会车辆等多种交通方式的"零换乘"、"无缝衔接"的综合客运交通枢纽，成为宁波市区体量最大的单体建筑之一。2009年《宁波客运东站枢纽区域交通规划方案》通过审查。2010年1月月底全部完成，2010年3月竣工验收并投入使用。

二、宁波铁路未来展望

2010年，铁路宁波站的列车达到46对，其中始发终至的列车为26对，通过的列车达到20对。市民出行更加方便了。在货运方面，规划中也作了安排，拟建立集装箱中心站。预测到2020年，宁波港集装箱吞吐量将达到3000万标箱。这就需要有相应的疏运条

件。这次规划，对于集装箱中心站站址研究了多个方案。

　　到2020年，宁波将成为国家综合交通网中的重要枢纽（图6-2）。作为一个东面濒海的港口城市，宁波一旦实现这一目标，形成密集便捷的铁路网络后，区位优势将更加凸显出来，也无疑将给经济再次腾飞插上双翅。

　　根据《宁波铁路枢纽总图规划》，宁波要建成全国铁路枢纽，5年后宁波站客车将从目前的46对增到65对。

　　目前宁波只有2条铁路线，而10年内将变成4条，35年内将变为6条。

　　根据规划，到2020年，杭甬城际高速铁路、甬金铁路规划建成，而到了2050年，杭州湾跨海铁路、甬舟铁路也将规划建成。

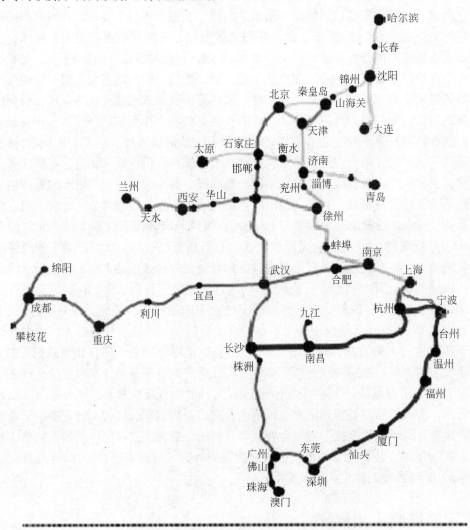

图6-2　宁波铁路由末梢向枢纽挺进规划示意图

1. 铁路末端转变为枢纽

　　随着甬台温铁路的建成，改变了宁波铁路长期末端状况。

规划显示，到2020年，宁波市将建成以城际高速、电气化等干线铁路为骨干，以市区"南客北货"场站布局为节点，形成干支线相连、客货运分流的现代化宁波铁路枢纽网络体系，确立我市在长三角地区乃至全国的重要铁路枢纽地位和作用。

随着《宁波铁路枢纽总图规划》的实施，将为宁波铁路建设与城市规划和用地规划提供依据和条件，进一步促进宁波建设与城市社会经济协调发展。

2. 宁波铁路四通八达

按照规划，未来我市对外铁路通道将由四个方向线路组成。记者发现，这些线路中，"西进"成为主体。

（1）南面：甬台温铁路（2010年已建成）

甬台温铁路即将开工建设，作为沿海铁路大通道的重要组成部分，加强与温州、福州、深圳及香港等南部沿海地区的联系。

（2）西面：杭甬城际高速铁路（2020年规划建成）

对萧甬复线电气化进行提速改造，建设沪杭甬城际高速客运铁路，在目前萧甬铁路的基础上，增加一条宁波—杭州的客运专线。加强与杭州、安徽及以边远地区沟通。

（3）西南面：甬金铁路（2020年规划建成）

规划建设甬金铁路，与拟建的衢（州）景（德镇）九（江）铁路沟通，形成宁波港进入内陆地区港口集疏便捷新通道，以加强与江西、武汉等到华东、华中及西南地区的联系。

（4）西北面：杭州湾跨海铁路（2050年规划建成）

规划远期建设跨杭州湾铁路通道，中期建设沪杭甬城际高速客运铁路专线，增强与上海、苏州及以远地区相联系，这也就意味着除了目前在建的宁波杭州湾跨海大桥跨越杭州湾外，还将多一条铁路大桥跨越杭州湾。

（5）东面：甬舟铁路（2050年规划建成）

规划建设宁波至舟山铁路通道。

3. 开行宁波列车大大增加

随着铁路的发展，经过宁波的列车对数也将大大增加，市民出行将更加方便。"十一五"期间，宁波新增铁路里程93.3千米，总里程达259.3千米。建成甬台温铁路宁波段，结束了宁波铁路末端地位及奉化、宁海无铁路的历史。铁路运输沿海南下大通道开通，固定列车达46对，比"十五"末增加26对。动车组从无到有，开行对数达29对。牵引机车实现从内燃机、电力机到动车组的跨越，最高时速由100千米提高到250千米。

4. 首次建立集装箱中心站

随着宁波港集装箱吞吐量的急剧增加，宁波建立集装箱中心站已经势在必行。据了解，去年宁波港集装箱吞吐量超过1300万标箱，增长30%，增幅连续6年居大陆沿海港口第一位。

而根据预测，到2020年宁波港集装箱吞吐量将达到3000万标箱，因此开展铁路与海上集装箱联运，发挥铁路长距离运输优势，已势在必行。

早在我国"十五"规划中，宁波就作为重点发展的18个集装箱中心站之一，这次规划对于集装箱中心站站址重点研究了3个方案：洪塘乡编组站、邱隘站、大碶站，规划中推荐在大碶站设立集装箱中心站。

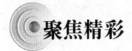

一、宁波战略之举：发展国际集装箱海铁联运

1. 改变宁波港集装箱铁路运输"短腿"现状

宁波—义乌集装箱班列正式开通（图6-3），标志着宁波港口发展国际集装箱海铁联运实现了历史性突破。发展国际集装箱海铁联运，这是市委、市政府战略之举。

加快发展集装箱海铁联运是扩大宁波港口内陆腹地的需要。港口集装箱海铁联运具有安全、快捷、环保、成本低、运量大的优点，特别是中长运距优势更为明显。单靠集卡运输无法满足港口发展需要，拓展宁波港向内陆城市的辐射能力，必须大力推进集装箱海铁联运。

图6-3　宁波—义乌集装箱班列开通

加快发展宁波港集装箱海铁联运是国际大港地位的需要。2008年宁波港集装箱吞吐量完成1084.6万标箱，位居世界港口第8位，而港口集装箱海铁联运量只有868标准箱，与国际大港地位不太相符。提高宁波港集装箱海铁联运比重，改变港口集装箱铁路运输"短腿"的现状，建成国际一流深水枢纽港，打造我国重要的现代港口物流中心，必须加快推进宁波港集装箱海铁联运。

加快发展宁波港集装箱海铁联运是加强宁波与腹地城市全面合作的需要。当前宁波进入了从开放立市走向开放强市的阶段，要通过大力开展内外开放合作来实现强市目标。宁波市十一次党代会提出，要把现代化国际港口城市建设全面推向新阶段，实施的开放战略是"立足宁波，依托浙江，服务长三角，辐射中西部，对接海内外"，把内地和国外进出口供应链高水平地打通。

宁波港发展集装箱海铁联运正面临着难得的历史性机遇。一是在国务院明确长三角要建设成为亚太地区重要的国际门户，并把大力发展现代物流业放在发展现代服务业的首要位置，这对宁波港是一次难得的发挥港口优势，大力发展集箱海铁联运促进现代物流发展的历史机遇。二是根据国家《综合交通网中长期发展规划》，宁波被列为全国性综合交通枢纽42个节点城市之一，根据国家的《中长期铁路网规划》，宁波将成为国家铁路网中的重要枢纽。三是2007年11月铁道部和宁波市政府签署了关于加快宁波地区铁路建设与发展的会谈纪要,铁道部明确提出支持宁波大力发展海铁联运,把宁波打造成内陆货运的重要出海口。

铁路网建设将打通宁波港深入内陆腹地的大通道。根据宁波市的铁路建设计划,到2020年,宁波市可新增铁路330千米,铁路里程将达到500千米。届时,宁波铁路将形成"一环四射、干支相连、南客北货、客货分流",线路网络四通八达,并与其他各种交通运输方式协调发展的国家级综合交通枢纽。

宁波港具有大力发展集装箱海铁联运的港口优势。宁波港 6000 多米长的集装箱泊位群,配有70多台最大外伸距达65米的装卸桥,码头设施达到国内一流、国际领先的水平,能够满足 1万标准箱以上超大型集装箱船的作业要求;拥有长三角地区唯一的铁路直达集装箱码头前沿堆场的铁路设施,具有大力发展集装箱海铁联运的港口优势。

2. 我国首个高速铁路集装箱班列开行,宁波港口多了条集疏运新通道

2010年1月14日,国内运行最快的货运列车、我国高速铁路第一个集装箱班列——甬温海铁集装箱班列正式开行,宁波港口又多了条集疏运新通道。宁波到温州的货运列车运行时间将由原先的两天减少至现在的10小时左右。

沿海快线甬温海铁集装箱班列是铁道部与宁波市联手推出的海铁联运新产品。它是国内运行速度最快的货运列车,时速达到 100 千米;它既是甬台温铁路的第一个真正意义上的货运列车,也是我国高速铁路第一个集装箱班列,集装箱班列的开行对宁波港口发展具有深远的意义。

据介绍,集装箱班列以宁波北仑港站、温州西站为装卸作业点,采用"一票受理,一日直达、本异地均可报关,零换乘无缝对接"的"1120"模式,不受气候影响,全年全天候常态化开行。

二、宁波从铁路末梢变为铁路枢纽

至2020年,宁波枢纽与国家铁路路网结合更加紧密,通道能力大大增强,将实现宁波至相邻重要节点城市"0.5~1 小时"交通圈,长三角主要节点城市"1~2 小时"交通圈,铁路运输能力、运输效率和服务质量大幅提升,对增强宁波与全国各地的合作交流、促进经济社会发展起到重要作用,作为浙江省两大铁路枢纽之一,宁波将成为国家综合交通网中的重要枢纽、内陆货运的重要出海口和走向亚太通往世界的重要门户。宁波铁路枢纽工程举行开工典礼,如图6-4所示。

宁波铁路枢纽是全省两个铁路枢纽之一,包括宁波站改建、北环线新建、东站新建、北站迁建四个项目。

1. 宁波站改建

新建南北站房、高架候车室和地下集散厅。

杭甬客运专线等项目建成后,铁路宁波站将连通全国客运专线网,枢纽作用进一步提高。随着铁路通达地区的增加,宁波站的客运量将大量增加。铁路部门预测,2020年

铁路宁波站旅客发放量将达到1900万人次／年，2030年达2760万人次／年。

而如今的宁波站，被称为华东地区设备设施最落后的火车站之一。两个候车室面积只有2649平方米，还不如其他同类车站一个候车厅的面积，而这，还是拆除了原售票厅之后的结果。宁波站示意图如图6-5所示。

图6-4　宁波铁路枢纽工程举行开工典礼　　　图6-5　建于20世纪90年代初的宁波站（宁波南站）

铁道部、浙江省和宁波市合资改建，将把宁波站造成先进车站。宁波站改扩建项目将拆除原有站房和客车整备所，新建南北站房、高架候车室和地下集散厅，新建站房50 000平方米，无站台柱雨棚58 500平方米，地下集散厅13 000平方米，站场总规模为8站台16条铁路线。预估算总额达34.3亿元，计划与杭甬客专同步建成运营。宁波市轨道交通2、4号线将在该站地下设站换乘。

同时，改建后的宁波站将成为市中心城区集铁路、轨道交通、公交客运、出租车等多种交通方式于一体的"零换乘"综合客运交通枢纽，宁波站的地下二层、三层为地铁，地下一层为集散厅，将来旅客只要在该枢纽上上下下，就可方便地换乘公路班车、地铁、公交车、出租车，不用像现在这样拖着行李箱穿马路。这个枢纽成为宁波步入铁路枢纽城市标志之一，如图6-6所示。

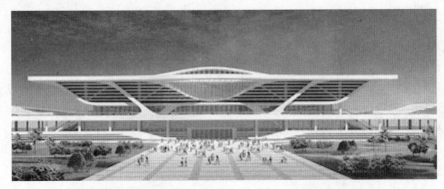

图6-6　"天一生水、宁波甬浪"——宁波新铁路枢纽站

2. 北环线新建

北环线为货运线，除车站外全是高架桥。

货运北环线西起萧甬线江北洪塘编组站，沿现有的洪镇支线到镇海沈家，线路折向

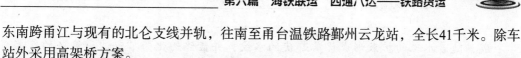

东南跨甬江与现有的北仑支线并轨，往南至甬台温铁路鄞州云龙站，全长41千米。除车站外采用高架桥方案。

北环线设定为国家铁路一级、双线、电气化铁路，目标时速120千米，投资估算42.5亿元，计划与杭甬客专同步建成运营。该铁路是萧甬线沟通甬台温铁路和北仑支线的货运直通线，也是宁波枢纽的货物外绕线，将为宁波铁路货运注入新的动力。

铁路业内人士说，这条铁路线的建设，将对完善宁波枢纽铁路网布局、实现地区内客货分线运行、提高运输效率和质量、增强宁波港集疏运能力起到关键性作用，"而且它能实现城市和铁路和谐发展，客货分流，南客北货"。

3. 东站新建

宁波站改建期间，市民要去东站坐火车。

宁波东站原为北仑铁路货运中间站，在宁波站改建期间，需在宁波东站实施过渡，新建客运设施。也就是说，现在宁波站的列车，要全部搬到东站始发和到达，市民坐火车也要去火车东站了。

等宁波站改建好后，东站的过渡期结束，大部分列车再返回宁波站始发和到达。而宁波东站作为宁波铁路辅助客站，保留客运功能。

宁波东站规模为4站台10条铁路线，站房4000平方米，在2010年上半年建成运营。

4. 北站迁建

宁波北站及货场迁往江北洪塘。

宁波北站是宁波枢纽主要货运站，为适应沿海通道贯通和发展，满足货运量快速增长要求，改善城市居民生活环境和交通条件，将宁波北站及货场搬迁至江北洪塘铁路编组站北侧。

新货场初定建设规模近期运量615万吨、远期运量782万吨，投资总额18.5亿元，建设工期为18个月。迁往洪塘后的新北站与江北物流园区相邻，主要承担宁波市区的货运，并办理部分集装箱业务。

小资料

"天一生水、宁波甬浪"——宁波铁路站站房

宁波站是华东地区铁路网的重要枢纽，其站场规模将达到8个站台14条线，总建筑面积约12万平方米，其中，客运站房约5万平方米，是一个集国铁路、地铁、公交、出租等各种交通方式为一体的客运综合体。

即将建成的宁波站，其构思来源于中国传统文化的代表——《易经》中的"天一生水"这种哲学思想，同时也和其北侧的历史文化建筑——"天一阁"遥相呼应。宁波站的建筑构思由建筑中央的一滴晶莹剔透的水珠幻化而

成，随着水珠的扩散形成优美起伏的水纹，并最终幻化为"宁波甬浪"的建筑造型。建筑的构成元素主要由中央椭圆形的水珠和起伏流动的"波浪"构成。建筑形态以舒展大气为主要特征，结合建筑的顶部、下部及两侧的雨棚所呈现出的优美弧线形态，整个建筑造型仿佛随波舞动的海浪，具有非凡的气势和浪漫的诗意，充分展现了"天一生水"的历史文化特征。此外，建筑中央晶莹剔透的水珠不仅是整个建筑造型的视觉中心，同时也是进站大厅的采光中庭，其"天一生水"的意象在建筑室内空间也得以充分的展现。建筑外立面和屋顶分别采用白色和银灰色金属板，品质精良、色彩高雅，是文化和现代科技的完美结合。

宁波站的总体布局采用"一心、两轴、四区"的格局，纵向主轴线穿越主站房，联结南北广场并延伸至月湖公园和南郊公园；横向辅轴线沿铁路东西延伸，构成防护绿带，这种十字形交叉的空间格局将站区空间和城市紧密连接为有机的整体。

宁波站的外部交通组织采用南北高架进站的方式，其出入口和尹江岸路、三支街南延以及南站西路有机衔接，形成明确的交通疏解导向。同时，直接联系机场高架路和绕城高速的专用高架通道将由地下穿越站场，从西北处接入站区北高架路，形成专用进站快速通道。站区外部交通换乘主要围绕三个交通核心进行：中央为国铁换乘核心，南北两侧为城市交通换乘核心。其中，地铁2、4号线站厅位于地下一层南北联系通道的中部和北部，南北广场的地上和地下设有充足的公交车、出租车和社会车的泊位，其上、下客区域均围绕三个交通换乘核心布置。

宁波站的内部交通组织充分尊重"以人文本"、"以流为本"的原则，采用"上进下出"的交通组织模式，其功能空间共计由五层平面组成：高架候车层由候车大厅和进站大厅构成。进站旅客可以通过南北高架平台直接达到并进入南北两个进站大厅。进站大厅的顶部设有采光中庭，空间宽敞明亮，视线通透；候车大厅位于高架候车层的中部，其顶部的带状采光和侧高窗为旅客营造了一个光线柔和、通风良好、景致宜人的候车环境。候车大厅设置有普通候车厅、团体、母婴、软席候车厅及卫生等服务设施。此外，在进站大厅和绿色通道的上部设计有大量的夹层空间，为旅客提供多种类型的服务设施。站台层平面由站台和线侧设施组成。其中，站台雨棚采用无站台柱设计，轨道上方带状排气槽和直线形雨棚形成明暗交替的室内空间，富有动感和韵律感。在站台层的线侧部分设置有换乘厅、售票处、贵宾候车室、办公管理用房等。从广场进站的旅客可通过进站扶梯方便到达上层的高架候车层，贵宾车道可通过专用通道直接驶上基本站台。出站层位于地下一层，主要由宽敞的城市南北联系通道和其两侧的出站厅构成。出站旅客由站台层通过自动扶梯下达至地下出站厅，再通过南北通道进行疏解。同时，在出站厅南北两端共设四处换乘厅，南北通道的中央设置2号线地铁付费区，其北侧设有2、4号线地铁换乘大厅，这些设施都让地铁和城市交通换乘实现了"无缝衔接"。此外，在南北通道的两端设有地下出租车及社会停车场，方便旅客快速离站，离站旅客也可经扶梯上达到南北广场的城市公交车站离站。

地下二层为地铁2号线站台，地下三层为地铁4号线站台，这两条地铁线的引入，为宁波站及周边地区的交通换乘和出行提供了良好的条件。总之，以"天一生水"为构思立意的宁波站，将以其结构合理性与经济性，不仅满足了现代交通建筑大空间的功能需求，同时也充分彰显了宁波的地方文化和现代特征，建筑以其结构形式与建筑艺术的高度统一，最终赋予了宁波站"天一生水"的美好意境，她的建成，必将成为东南沿海一颗璀璨的明珠。

采撷芳华

一、什么是铁路运输

寻思漫步

（1）铁路运输相对其他运输方式，有哪些优点？

（2）铁路运输有哪些类型？

1. 铁路运输的概念

铁路运输是一种陆上运输方式，以两条平行的铁轨引导火车。它是一种最有效的陆上交通方式。铁轨能提供极光滑及坚硬的媒介让火车的车轮在上面以最小的摩擦力滚动。这样，在火车上面的人会感到更舒适，而且可节省能量。如果配置得当，铁路运输可以比路面运输运载同一重量客货物时节省五至七成能量。而且，铁轨能平均分散火车的重量，令火车的载重力大大提高。铁路运输如图6-7所示。

图6-7 铁路运输

2. 铁路运输的特点

铁路运输具有安全程度高、运输速度快、运输距离长、运输能力大、运输成本低等优点，且具有污染小、潜能大、不受天气条件影响的优势，是公路、水运、航空、管道运输所无法比拟的。

3. 铁路运输的种类

铁路货物运输种类即铁路货物运输方式，按我国铁路技术条件，现行的铁路货物运输种类分为整车、零担、集装箱三种。整车适于运输大宗货物；零担适于运输小批量的零星货物；集装箱适于运输精密、贵重、易损的货物。

二、铁路货运的业务流程

寻思漫步

（1）铁路货运运输有哪些当事人？

（2）请结合网上购物快递经历，思考一下铁路货运运输的业务流程。

企业单位、机关团体以及个人用户到铁路托运货物的步骤及铁路内部相应的作业过程如图6-8所示。

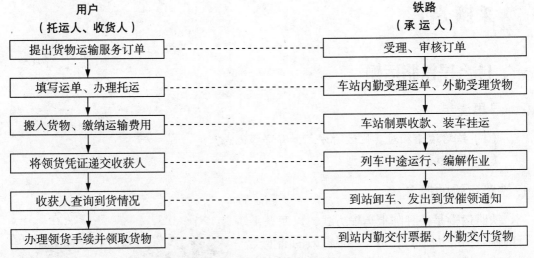

图6-8　铁路托运步骤及作业过程

用户到铁路托运货物，不只是和铁路货运职员打交道，实际上也是和铁路货运规章制度打交道。铁路是现代化运输系统，运输生产组织严密，规章制度周全。就货运营业方面而言，托运人、收货人和承运人除了要遵守《中华人民共和国铁路法》外，还要共同执行《铁路货物运输规程》、《国际铁路货物联运协定》及其引申的一些规则和办法。如《铁路货物运价规则》、《铁路危险货物运输规则》、《铁路鲜活货物运输规则》、《铁路超限货物运输规则》、《铁路货物装载加固规则》、《铁路货物运输计划管理办法》、《铁路集装箱运输规则》、《铁路货物保价运输办法》、《铁路货物运输杂费管理办法》、《统一过境运价规程》、《铁路和水路货物联运规则》等。这些规章办法，规定了用户托运货物的程序、办理手续，与用户的切身权益有直接联系，因此用户有必要大体上了解办理托运货物的有关规定，在享受铁路货运营销服务的同时，保护自己的合法权益。

回眸一瞥

📷 快照浏览

铁路运输类型	宁波铁路枢纽总体规划	铁路运输的优点	铁路货运业务流程

✉ 清点收获

小组		成员姓名				
评价内容	项 目	分值	自评30%	组评40%	师评30%	合计100%
	参与讨论的积极性	20				
	语言表达能力	20				
	发言及辩论的深度和广度	20				
	沟通能力	20				
	专业知识点掌握情况	20				
	合 计	100				

晨思暮问

（1）你明白宁波铁路"一环四射、客货分线"环形枢纽的格局吗？

（2）展望一下宁波国际集装箱海铁联运的发展前景。

第七篇 栎社银鹰 展翅长空
——航空货运

视角360

宁波自古以来就是中国对外贸易的重要口岸，经过改革开放30多年的发展，已成为中国重要的国际港口城市、长三角南翼的经济中心和上海国际航运中心、国际金融中心的主要组成部分。2008年，尽管受到国际金融危机的严重冲击，宁波—舟山海港的货物吞吐量和集装箱吞吐量仍然保持全国第二、世界第八的地位。加快打造长三角地区国际空港物流枢纽，促使空港与海港、信息港比翼齐飞，是宁波科学发展、转型发展的迫切需要，是推进宁波现代化国际港口城市建设、加快打造亚太地区国际门户城市的必经之路，也是提升宁波城市功能、更好地服务全省、服务长三角和服务全国、全球的重要途径。

一、宁波栎社国际机场概况

宁波的民航运输业始于1984年，1990年6月宁波栎社国际机场建成后，民航业务迁至栎社机场。经过近30年的发展，宁波机场已经从一个小航站成为一个4E级国际机场。一直以来，宁波机场始终坚持"安全第一，预防为主"的安全工作方针，已连续实现25个航空安全年。宁波机场是民航华东地区首家通过航空保安审计的单位，也是民航局、省、市及民航华东地区"安康杯"竞赛优胜企业。

宁波栎社国际机场位于浙东鄞西平原，是国内重要的干线机场（图7-1）。机场占地面积近250万平方米，距宁波市区约12千米，从机场至主要铁路公路站点、高速公路入口处、市区仅需10~30分钟车程，交通非常便捷。

2010年，宁波栎社国际机场旅客吞吐量达到400万人次。至此，栎社国际机场年旅客吞吐量首次突破400万人大关，这也标志栎社国际机场已迈入国内繁忙机场行列。

图7-1　宁波栎社国际机场

栎社国际机场自1990年6月通航以来，旅客吞吐量连年迈上新台阶：1996年旅客首次突破100万人次，到2005年旅客吞吐量突破200万人次，从100万人次到200万人次用了整整9年时间，而从200万人次到400万人次实现旅客吞吐量翻番仅用了4年时间，这充分反映了栎社国际机场的改革发展进入了一个新的快速发展期。

目前宁波栎社国际机场已开通至北京、上海、广州、深圳、成都、重庆、厦门、青岛、大连、乌鲁木齐、哈尔滨、昆明、兰州等国内航线以及至香港、日本东京、韩国首尔等地区的国际航线47条，基本形成了以宁波为中心、辐射国内主要城市的航空网络，机场正在与多家航空公司洽谈。2010年已开通日本、东南亚国际航线，并引进国外航空公司开辟到欧美国际货运包机航线，进一步完善航空网络建设，加快推进空港物流中心建设，以空港为中心，大力发展临空经济，力争把宁波栎社国际机场建设成为区域性枢纽机场和长三角南翼航空国际货运集散中心，更好地服务宁波市民和地方经济建设。

二、宁波地区国际航空货运市场分析

1998年11月16日上午，机场航空货运站正式启用。2005年3月1日，宁波至香港全货机航班正式开通，这为宁波栎社机场发展成华东地区货运中心机场的战略目标打下了坚实基础。宁波栎社机场货物运输市场化运作始自1996年，到2010年已成功开辟至上海、北京、广州、成都等26条货运航线，全年货邮吞吐量达到7.67万吨。据介绍，航空货运站建筑面积达到7881平方米，拥有国内出发到达、国际出发到达4个库区，并设置了贵重物品、活体动物、危险品、冷藏品等特殊物品库房，功能设置基本达到了现代物流要求的标准。

1. 巨大需求促进完善

从宁波整体物流系统的发展来看，航空货运需求巨大。从宁波航空货运资源看，纺织品、服装、药品、汽车零部件、高新技术产品、活体海鲜养殖产品等种类齐全。其中，宁波雅戈尔、罗蒙、培罗成品牌西服、衬衫生产著称全国；有许多以航空运输为主的高科技产品，诸如波导、奇美电子、汽车配件等。宁波市航空货源量充足，企业通过航空进行产品运输的需求很大（如表7-1所示）。

表7-1 长三角地区客运货运吞吐量预测

年 份	客运吞吐量/万人			货运吞吐量/万吨		
	[1][2]组合预测	[1][3]组合预测	[2][3]组合预测	[1][2]组合预测	[1][3]组合预测	[2][3]组合预测
2008	9745	9410	8735	432	421	416
2009	11 464	11 028	9965	523	503	496
2010	13 500	12 937	11 348	631	583	587
2011	15 842	15 156	12 868	748	669	695
2012	18 665	17 759	14 749	884	765	822

续表

年　份	客运吞吐量/万人			货运吞吐量/万吨		
	[1][2]组合预测	[1][3]组合预测	[2][3]组合预测	[1][2]组合预测	[1][3]组合预测	[2][3]组合预测
2013	21 677	20 637	16 814	1050	895	978
2014	25 418	24 125	19 196	1255	1045	1162
2015	29 839	28 218	21 933	1496	1211	1378
2016	34 936	32 952	25 045	1776	1400	1635
2017	40 847	38 435	28 631	2107	1618	1941
2018	47 733	44 815	32 727	2495	1863	2304
2019	55 733	52 225	37 403	2954	2152	2737
2020	65 091	60 838	42 864	3501	2497	3255

[1]、[2]、[3]的值参见图7-2。

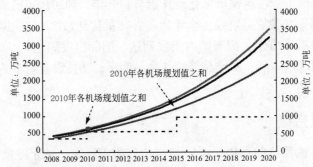

图中自上而上三条曲线依次代表预测值 [1]、预测值 [2]、预测值 [3] ━●━代表各机场规划值之和

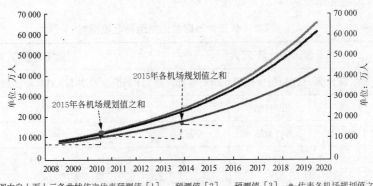

图中自上而上三条曲线依次代表预测值 [1]、预测值 [2]、预测值 [3] ━●━代表各机场规划值之和

图7-2　各机场客运与货运吞吐量规划值之和与预测值对比

　　宁波航空货运发展迅速，现有浙江外运、宁波中亚控股公司、浙江远洋、DHL、TNT、中海环球空运公司等多家航空货代企业。宁波栎社国际机场航空货运总量逐年递增，2007 年起降航班 3.15 万架次，年货邮吞吐量 5.57 万吨；2008 年起降航班 3.40 万架次，年货邮吞吐量 5.99 万吨；2009 年起降航班 3.75 万架次，年货邮吞吐量 6.87 万吨。可以说形势趋好。但宁波栎社国际机场与同类城市机场相比仍有差距，其货邮吞吐量在五个计划单列市中明显低于浦东、虹桥、杭州、南京等机场。据了解，造成宁波航空货运薄弱主要有以下几个原因。①机场航线网络不够完善，缺少主干国际航线。目前宁波栎社国际机场以客带货的国内货运航线有分别至上海、北京、广州、成都等 26 条航线，"上海—香港—青岛—宁波—香港"全货运航线 1 条，"新西兰—宁波"的货运包机航线 1 条。全货机的航班尤其是国际航班不足。②机场的功能尚待完善，基础设施薄弱，配套的地面交通落后。地面机场交通体系不完备，配送条件差；货站面积小，宁波空港物流园区与宁波栎社国际机场没有做到零对接，缺乏国际快件监管中心，大量本地空运货邮源流向上海、杭州等地。

　　虽然在2005年，宁波航空口岸已经对外籍飞机开放，宁波栎社机场成为长三角第四个国际机场，但遗憾的是，宁波的空港物流功能一直没有发挥出来。当时海关提供的资料显示，外贸大市宁波每年有近两成货值的产品通过航空出口，不过基本上是通过上海、杭州，甚至南京、北京的机场周转出货。由于本地空港物流功能发展滞后，尽管DHL、UPS、TNT、FedEx等跨国快递巨头都在宁波设立了分公司，但全市每年几百万票的国际快件也都由陆路转运浦东机场和萧山机场处理。③货代基本上以收货为主，尤其是国际大型货代公司不在宁波设立中心，只把宁波当做"收货点"，在宁波集货后经过上海、北京、广州、杭州等货运枢纽分流出口。据统计，每年通过宁波本地航空港的出口货物不到10%、进口货物不到8%。④航空公司投放运力欠佳。2009年，宁波栎社国际机场的旅客吞吐量达到403万人次，而货邮吞吐量仅为6.87万吨。相比世界级的宁波大海港，宁波空港的货运发展远远跟不上步伐。"大海港、小空港"，一直是宁波面临的瓶颈，加之周边机场密集，东有舟山机场，西有杭州机场，南有温州机场，北有上海机场，为此宁波机场确立了错位发展战略，货运将成为该机场未来发展的重头戏。"大海港、小空港"，这与宁波城市地位，与对外开放度极不对称。如何依托空港，培育宁波自己的临空经济？宁波把突破口锁定为空港物流业，通过努力培育空港物流，逐渐完善城市国际物流体系。

　　目前，宁波机场的总用地面积不足3平方千米，仅有1条跑道、1条平滑道、1个航站楼。不久后的将来，宁波栎社机场总用地面积将达到12平方千米，这将是目前面积的3倍之多。远期还将设有2条跑道、6条平滑道、3个航站楼及货站、空管、供油等配套设施，航站楼还将与轨道交通 2 号线衔接，届时，旅客可坐轨道交通赴机场乘坐飞机。面对如此境况，宁波加快航空货运发展势在必行。

2. 开辟国际航线

　　栎社机场正在与多家航空公司洽谈，2010年开通了日本、东南亚国际航线，并引进国外航空公司。

（1）开辟欧美国际货运包机航线

一般航空公司一时是不会轻易开辟欧美航线的，虽然宁波与欧美每年的贸易额占很大比重，但是，这里还涉及出口贸易的不平衡问题，这样对航空公司的决策开辟航线会产生直接的影响。因为单从进出口的货值来看，进口和出口的货值基本持平，但宁波地区出口的都是以低附加值的纺织品、零配件为主，而进口的是高附加值的机器、设备。因此，进口和出口的货量品种和重量存在很大的差距，而且出口的货量远远大于进口货量，这样会造成回程航班载运率不足，势必增加航空公司的运营成本。而且进口货物始发地的国家和城市又非常分散，给航空公司的揽货和航线的选择带来很大的困难，所以，一般航空公司一时是不会轻易开辟欧美航线的。

（2）开辟宁波至日本、韩国航线难度较大

宁波与日本、韩国的贸易往来非常活跃，货运货物量逐年上升。由于宁波航空口岸未对外开放，而日航、全日空、韩亚和大韩航空公司又相继开通了到杭州萧山国际机场的直达航班，直接导致本场失去发展货运的大好时机。现在他们的目标是如何把宁波地区的货源吸引到杭州出境，这样比新开辟宁波航线风险要小得多。所以，要想吸引这些航空公司在短期内开辟宁波至日本、韩国航线难度较大。

（3）增加香港航线航班密度

众所周知，中国香港地区是世界各国贸易集散地，国内很多贸易都是从香港中转到世界各地，香港启德机场又是目前世界名列前茅的中转枢纽之一。此外宁波与香港经贸往来比较紧密。因此，香港航线是我们下一步的主攻方向，在现有客运航班的基础上，可以增加航班密度和开通全货机航班。

3. 选择合作伙伴

2009年，国际航空运输协会（IATA）对全球货运航空企业进行排名，前5名排名见表7-2。

表7-2　2009年IATA对货航企业排名

单位：亿吨千米数

国 际 货 运			国 内 货 运		
排　名	航空公司	运　量	排　名	航空公司	运　量
1	联邦快递	137.5	1	联邦快递	79.4
2	联合包裹	91.8	2	联合包裹	46.9
3	大韩航空	82.2	3	南航	11
4	国泰	77.2	4	国航	8.4
5	汉莎	66.6	5	东航	6.9

（1）与国内航空公司合作

国内航空公司目前普遍存在货物空运至香港后中转速度所受到的不同程度制约。由于国内航空公司的货运航线密度不高、货物中转网络不健全，这样势必会造成货物空运香港后，无法及时将货物运到目的地，无法使企业看到空运快速、便捷的优势。一旦遇到对时间要求非常严格的货物运输，必然导致企业对国内航空公司运输出口货物在时间上的忧虑。目前，东航湿租土耳其航空公司飞机开通了青岛—宁波—香港全货机航班，这对发展航空物流是一个利好消息。

（2）与国际航空公司寻求合作

① 国泰航空公司。作为中国香港地区本地的一家航空企业，国泰航空公司已跻身全球十大货运航空公司之列，现有货运飞机13架，还有75架客机兼货运，2004年货运业务约占国泰营运收入的30%。国泰货运服务网络覆盖全球包括巴黎、孟买、悉尼、洛杉矶、伦敦、纽约、法兰克福等26个航点。国泰航空已开通了香港至上海的货运航班。到目前，国泰的沪港货运航班从每周7班增加到12班，可以看出国泰航空公司把上海作为长三角发展的重点，要与之合作，有一定的难度，但是如果我们在政策上有优惠之处，这种合作可能性还是存在的。

② 港龙航空公司。同为中国香港地区本地的航空公司，港龙航空公司货运积极利用香港地区枢纽的优势，计划不断扩大货运网络。在亚洲地区，港龙航空货运开通了中国香港直飞上海、厦门、南京、中国台北和大阪的货运航线；在欧洲地区，港龙航空开通了香港直飞英国伦敦、德国法兰克福、荷兰阿姆斯特丹等货运航线，并同中东航空公司进行合作，在迪拜中转。2005年4月，港龙航空货运已开辟了香港直飞纽约货运新航线，未来计划直飞美国的航班将会增加到每周15~16个。与此同时，港龙航空货运能力也在不断增加，据悉，港龙航空公司已经从新加坡航空公司购买了5架波音747-400货运飞机。未来几年内，计划进一步扩充货运机队。港龙的发展需要更广阔的市场，而宁波巨大的货运市场，对港龙航空公司定有极大的吸引力。此外，港龙与宁波机场在合作的良好基础上，寻求与他们合作开辟全货机航线，开辟宁波到香港的全货机航线。

聚焦精彩

一、宁波空港物流园区

宁波是全国少数拥有"海陆空"海关特殊监管区的城市之一，形成立体化大口岸布局。据介绍，宁波空港保税物流中心依托宁波栎社机场而建，集空港口岸功能与现代物流体系于一体，是一个"境内关外"区域，享有货物在中心与境外之间自由进出、免征关税、免领许可证等优惠政策，同时可进行货物的包装、组装、分拣、贴码等物流增值服务。业内人士认为，目前，由于劳动力成本上升，限制用电，使得企业的成本大幅上升，保税物流中心对众多外贸企业来说，最直接的好处莫过于"保税仓储"、"入仓即退税"等一系列能减轻企业资金压力和运营成本的优势功能，以减轻经济危机带来的冲击。

走近宁波空港物流园区根据宁波市物流业发展总体规划，宁波市政府规划了"一主六副"七大物流园区，宁波空港物流中心是其中的重要组成部分，是宁波市和浙江省

重点项目。项目依托宁波栎社国际机场和宁波市区域经济、交通优势，经过中长期的发展，将建设成为"以航空物流服务为龙头，以保税物流业务为重点，以海陆空联运、城市配送、第三方物流为辅助，以物流相关服务为补充的综合型物流园区和华东重要航空物流中心"（图7-3、图7-4）。

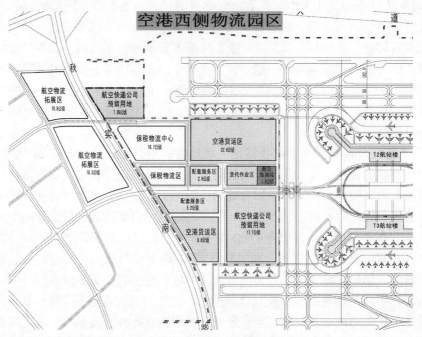

图7-3　宁波空港物流中心总体规划图（西侧）

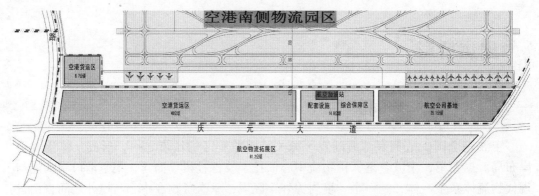

图7-4　宁波空港物流中心总体规划图（南侧）

宁波空港物流中心总用地面积约2145亩，包括空港物流中心一期（约247亩）、空港物流中心二期（约860亩），并预留发展用地约1000多亩（图7-5）。空港物流中心一期（争取申报B型保税物流中心）总投资为2.7亿元，空港物流中心二期总投资约为13.81亿元。空港物流中心一期位于宁波望春工业园区内，南靠鄞县大道，临近甬金高速公路连接线和绕城高速公路；主要建设、申报成为国家级保税物流中心（B型），依托政策优势，采用先进的物流管理技术和信息技术，以"保税仓储"为基础，具备物流配送、流通加工、深加工结转、进出口及转口贸易、国际采购等功能，提供保税、航空、海运货物一体化通关、出口退税、物流信息处理等全程服务，促进宁波市保税物流业的发展。一期项目采取"分区运营"模式：1#、2#、4#、5#、7#、8#号仓库为普通物流区；3、6、9号仓库为保税物流区，今后将作为"宁波栎社保税物流中心（B型）"，在保税物流中心未运作之前，作为出口监管仓、公共保税仓使用（图7-6）。

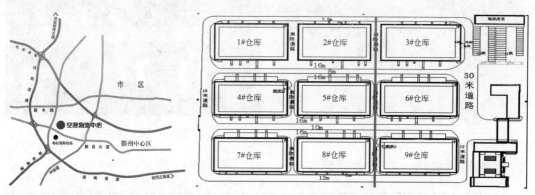

图7-5　宁波空港物流园区地理位置图　　　　图7-6　宁波空港物流园区仓库布局

空港物流中心二期及发展用地毗邻望春工业园区，东临宁波栎社国际机场、北靠鄞州大道，甬金高速公路连接线从西侧穿过，临近绕城高速公路。主要建设空港货运村、海运监管区、第三方物流区、城市配送区和综合配套区。

空港物流中心发展用地主要发展以高科技产品和高附加值产品的流通加工为主体的物流相关产业，带动临空经济的发展。

二、园区优势

1. 先进的仓储设施，货物吞吐自如

宁波空港物流园区一期是集仓储运输、分拨配送、流通加工、信息服务、保税监管等多功能于一体的国际化物流中心。园区建有9座大型标准仓库，其中两层仓3座，建筑面积49 558平方米，单层仓6座，建筑面积50 964平方米，总建筑面积达100 522平方米（图7-7）。

仓库均采用先进的"低位高真空预压击密"专利方案对基础进行处理，极大地提高了基础的承载力，有效地消除了基础沉降、开裂、变形等问题；仓库建设均采用轻钢结构，仓库内部四周设置4.8米高的钢平台夹层，并预留钢制楼梯供上下夹层使用。两层仓底层高8米，荷载为3吨，二层高6米，荷载为1吨；两层仓楼面采用桁架结构，并设置3吨液压货梯供二层货物运输使用。单层仓层高8米，荷载为3吨，分为三个防火分区；单层仓前后卸货平台基础分别抬高1.3米和1.0米，并预留液压升降平台供装卸货物使用。所有仓库单体面积可灵活分割，以适应企业不同需求。仓库内安装有高级采光板进行采光，以节约企业白天用电；同时中心采用双回路供电设计，保障企业

用电畅通；中心内采用单向交通组织流线，仓库四周灵活设置进出车道，以匹配各类车型，保障车辆进出通畅；中心安保、消防喷淋等设施完备，采用先进的车辆进出卡口管理，实施无盲点安全监控（图7-8）。

图7-7　园区仓库

图7-8　园区库内设施

2.毗邻国际机场，交通中枢天成

园区东接栎社国际机场，西邻甬金高速连接线，距沪杭甬高速、绕城高速入口均为5千米，畅达上海、嘉兴、湖州、杭州、台州、绍兴、舟山、温州、金华等周边城市；中心毗邻鄞县大道、联丰路等交通主干道，可方便进出市区。

3.宁波空港物流园区中长期发展规划

（1）2010—2015年（"十二五"建设期）

①场道工程

启动建设第二平滑道，距跑道西端200米处规划新增一条可供E类飞机使用的旁通滑行道。

②航站楼

启动建设T2航站楼，建筑面积10万平方米，与现有T1航站楼连接，构成总体14万平米的航站楼。

③货运区（物流园区）

启动建设新货站5万平方米，启动货代作业区、综合配套区和保税物流中心新址建设。

（2）2015—2025年（长期）

①场道工程

完成北跑道的延伸工程（3400米），完成新增两条快速出口滑行道，完成近机位26个建设。完成站坪面积约35.3万平方米。

②航站楼

完成建设T2航站楼，满足年旅客吞吐量100万人次规模，适时启动建设T3航站楼。

③货运区（物流园区）

完成西侧物流园区建设工程，满足年100万吨货运吞吐量操作规模以及配套物流需求，适时启动向南侧货运区的延伸。

采撷芳华

一、什么是航空运输

寻思漫步

（1）你所知道的运输方式有哪几种？

（2）你所知道的航空货运运输机机型有哪些？

（3）航空货物运输的业务流程有什么特色？

指点迷津

航空运输（air transportation），使用飞机、直升机及其他航空器运送人员、货物、邮件的一种运输方式。具有快速、机动的特点，是现代旅客运输，尤其是远程旅客运输的重要方式；为国际贸易中的贵重物品、鲜活货物和精密仪器运输所不可缺。

1. 有哪些规定

货物重量按毛重计算。计算单位为千克。重量不足1千克，按1千克算，超过1千克的尾数四舍五入。

非宽体飞机装载的每件货物重量一般不超过80千克，体积一般不超过40×60×100厘米。宽体飞机装载每件货物重量一般不超过250千克。体积一般不超过250×200×160厘米。超过以上重量和体积的货物，由西北公司依据具体条件确定可否收运。

每件货物的长、宽、高之和不得少于40厘米。

每千克的体积超过6000立方厘米的货物按轻泡货物计重。轻泡货物以每6000立方厘米折合1千克计量。

2. 应办理哪些手续

（1）托运人托运货物应向承运人填交货物运输单，并根据国家主管部门规定随附必要的有效证明文件。托运人应对运输单填写内容的真实性和准确性负责。托运人填交的货物运输单经承运人接受，并由承运人填发货物运输单后，航空货物运输合同即告成立。

（2）托运人要求包用飞机运输货物，应填交包机申请书，经承运人同意接受并签订包机运输协议书以后，航空包机货物运输合同即告成立，签订协议书的当事人，均应遵守民航主管机关有关包机运输的规定。

（3）托运人对运输的货物，应当按照国家主管部门规定的包装标准包装；没有统一规定包装标准的，托运人应当根据保证运输安全的原则，按货物的性质和承载飞机等条件包装。凡不符合上述包装要求的，承运人有权拒绝承运。

（4）托运人必须在托运的货物上标明发站、到站和托运人、收货人的单位、姓名和地址，按照国家规定标明包装储运指标标志。

（5）国家规定必须保险的货物，托运人应在托运时投保货物运输险。

（6）托运人托运货物，应按照民航主管机关规定的费率缴付运费和其他费用。除托运人和承运人另有协议外，运费及其他费用一律于承运入开具货物运单时一次付清。

（7）承运人应于货物运达到货地点后24小时内向收货人发出到货通知。收货人应及时凭提货证明到指定地点提取货物，货物从发出到货通知的次日起，免费保管三日。收货人逾期提取的，应按运输规则缴付保管费。

（8）收货人在提取货物时，对货物状态或重量无异议，并在货物运输单上签收，承运人即解除运输责任。

（9）因承运入的过失或故意造成托运人或收货人损失，托运人或收货人要求赔偿，应在填写货物运输事故记录的次日起180日内，以书面形式向承运人提出，并附有关证明文件。

3. 发展简况

航空运输始于1871年。当时普法战争中的法国人用气球把政府官员和物资、邮件等运出被普军围困的巴黎。1918年5月5日，飞机运输首次出现，航线为纽约—华盛顿—芝加哥。同年6月8日，伦敦与巴黎之间开始定期邮政航班飞行。30年代有了民用运输机，各种技术性能不断改进，航空工业的发展促进航空运输的发展。第二次世界大战结束后，在世界范围内逐渐建立了航线网，以各国主要城市为起讫点的世界航线网遍及各大洲。1990年，世界定期航班完成总周转量达2356.7亿吨千米。

4. 技术设备

实现航空运输的物质基础。主要包括航路、航空港、飞机和通信导航设施等。航路是根据地面导航设施建立的走廊式保护空域，是飞机航线飞行的领域。其划定是以连接各个地面导航设施的直线为中心线，在航路范围内规定上限高度、下限高度和宽度。对在其范围内飞行的飞机，要实施空中交通管制。航空港是民用飞机场及有关服务设施构成的整体，是飞机安全起降的基地，也是旅客、货物、邮件的集散地。飞机是主要载运工具。机型选用根据所飞航线的具体情况和考虑整体经济技术性能而定。通信导航设施是沟通信息、引导飞机安全飞行并到达目的地安全着陆的设施。

5. 管理和经营

基于航空运输对发展国民经济和促进国际交往的重要意义，多数国家都很重视发展航空运输事业。政府设立专门机构进行管理，如中国设立民用航空总局，美国设联邦航空局，苏联设民用航空部等；实行多种优惠政策支持航空运输企业的发展，如政府直接投资、贷款、减免捐税、给予财政补贴等。

航空运输企业经营的形式主要有班期运输、包机运输和专机运输。通常以班期运输为主，后两种是按需要临时安排。班期运输是按班期时刻表，以固定的机型沿固定航线、按固定时间执行运输任务。当待运客货量较多时，还可组织沿班期运输航线的加班飞行。航空运输的经营质量主要从安全水平、经济效益和服务质量三个方面予以评价。

二、航空货物运输的特点

航空货运虽然起步较晚，但发展异常迅速，特别是受到现代化企业管理者的青睐，原因之一就在于它具有许多其他运输方式所不能比拟的优越性。概括起来，航空货物运输的主要特征如下。

（1）运送速度快。从航空业诞生之日起，航空运输就以快速而著称。

不受地面条件影响，深入内陆地区。航空运输利用天空这一自然通道，不受地理条件的限制。

（2）安全、准确。与其他运输方式比，航空运输的安全性较高，航空公司的运输管理制度也比较完善，货物的破损率较低。如果采用空运集装箱的方式运送货物，则更为安全。

（3）节约包装、保险、利息等费用。由于采用航空运输方式，货物在途时间短，周转速度快，企业存货可以相应的减少。一方面有利资金的回收，减少利息支出；另一方面也可以降低企业仓储费用。又由于航空货物运输安全、准确，货损、货差少，保险费用较低。与其他运输方式相比，航空运输的包装简单，包装成本减少。这些都构成企业隐性成本的下降，收益的增加。

当然，航空运输也有自己的局限性，主要表现在：航空货运的运输费用较其他运输方式更高，不适合低价值货物；航空运载工具——飞机的舱容有限，对大件货物或大批量货物的运输有一定的限制；飞机飞行安全容易受恶劣气候影响等。但总的来讲，随着新兴技术得到更为广泛的应用，产品更趋向薄、轻、短、小、高价值，管理者更重视运输的及时性、可靠性，相信航空货运将会有更大的发展前景。

想一想

1. 如果你有一票货要办理航空运输，试问要走哪些流程？
2. 如果你是航空货运代理，你又该如何办理该项业务？

辩一辩

试比较航空货物运输和海运相比较有哪些不同。

辩题素材

1. 货物托运流程（见图1）。

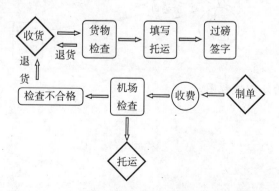

2. 营业部业务流程分析。

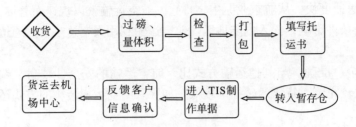

3. 机场中心业务流程。

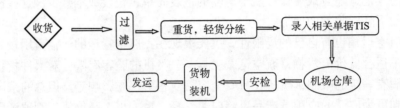

4. 航空货运代理业务整个流程。

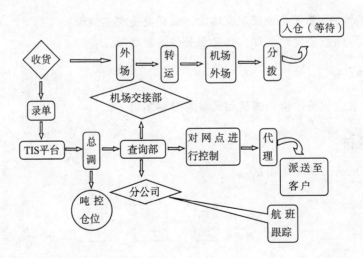

5. 到达货物处理流程图。

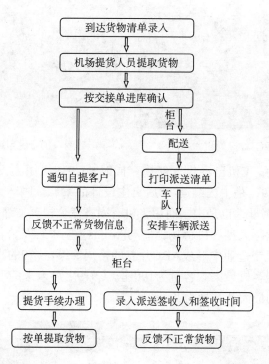

三、**航空运输机机型**

运输机从使用用途上来划分，可分为军用运输机和民用运输机两类。

军用运输机主要承担远距离（一般是洲际间的）、大量兵员和大型武器装备及物资运输任务，这类运输机具有的特点是：载重能力强、航程远，起飞重量一般在150吨以上，载重量超过40吨。正常装载航程超过4000千米，能空降、空投和快速装卸，主要是在远离作战地区的大型／中型标准机场起降，必要时也可在野战机场起降。美国的C-5、C-17（图7-9），俄罗斯的安-22、安-124、安-225、伊尔-76等都属于这类飞机。

民用运输机是航空运输中用于从事客货运输的飞机。1918年5月，始用飞机进行运输。民用运输机于30年代趋于成熟。当时美国和德国生产了以活塞式发动机为动力装置的飞机。它的飞行高度为3000~4000米，可载运旅客20~30人或装运货物2~3吨。第二次世界大战结束后，航空技术发展很快，50年代出现了涡轮螺旋桨飞机，如英国的子爵号飞机等。这类飞机的载客量可达50~100人，飞行速度低于800千米／小时，最大航程不超过5000千米。同一时期，涡轮喷气式运输机研制成功，这被认为在民用运输机的发展史上具有划时代的意义。这类飞机载量大，飞行速度快，飞行高度可在1万米以上，最大航程约为12 000千米，但耗油多。其代表性飞机有波音707型飞机、DC-8型飞机等。通过对涡轮喷气发动机的改进，70年代出现高流量比涡轮风扇发动机，它被广泛用于民用运输机。这种飞机耗油率小，起飞推力大，噪声小，远程宽体飞机的载客量可超过500人，最大航程超过1万千米。其代表性飞机有波音747型飞机、A320型飞机，空中客车A380等（图7-10）。

图7-9　美军C-17运输机

图7-10　民用A380大型运输机

　　我国新舟600支线飞机已经投入使用。同时，C919民用大飞机也在研发之中，预计2014年投产。C919，是中国继运-10后自主设计的第二款国产大型客机，如图7-11所示。C是 China的首字母，也是中国商用飞机有限责任公司英文缩写COMAC的首字母，同时还寓意要跻身国际大型客机市场，要与Airbus（空中客车公司）和Boeing（波音）一道在国际大型客机制造业中形成ABC并立的格局。第一个9的寓意是天长地久，19代表的是中国首型大型客机最大载客量为190座。C919之后未来的型号可命名为C929，其中29代表这一机型的最大载客量为290座。

图7-11　我国正在研发的大飞机C919

小资料

世界最大的运输机

　　2004年6月16日，乌克兰安-225"梦幻"式超级运输机将重达247吨的货物从捷克首都布拉格运抵乌兹别克斯坦首都塔什干，从而创下了世界空运史上的纪录。乌克兰安东诺夫航空科技综合体新闻处17日发布消息说，运输能力为250吨的安-225"梦幻"式飞机16日将总重达247吨的4台石油管道铺设机等设备从布拉格运到了塔什干。目前该公司正准备向乌克兰航空运动协会和国际航空运动协会申报这一新的世界纪录。

四、航空货运岗位需求和职位要求

1. 航空行业的岗位需求状况

（1）基层操作人员需求量大，高层管理人员难觅（图7-12）。

（2）大专学历占绝大优势，各职位类别对学历的要求相去甚远（图7-13）。

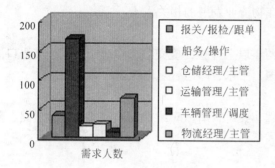

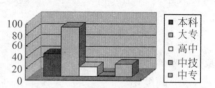

图7-12　不同岗位需求比例图　　　　　　图7-13　学历要求比例图

（3）高层管理职位的经验要求高（图7-14）。

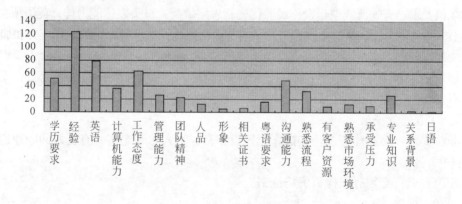

图7-14　职位要求比例图

（4）学历要求不是用人单位的第一选择，经验技能才是制胜秘诀（图7-15）。

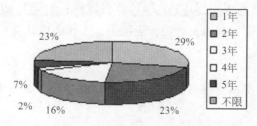

图7-15　工作经验要求比例图

2. 航空业需求的岗位及其要求

（1）制单员

职位要求：简单英语，要求有报关员证或监管仓相关操作经验一年以上，善于与客户沟通，对工作认真、负责、有责任心。

（2）业务员

职位要求：英语水平高；熟悉空运，进口/出口操作；做事扎实、勤恳，思维敏捷、开拓进取，勇于开拓新市场，有志在物流业发展的相关人士。

（3）客服人员

职位要求：有货运、货代客服工作两年以上经验，擅交际，沟通能力强，英语口语流利、大学专科相关科系毕业，熟悉美国、中东、印巴、东南亚航线。

（4）司机

职位要求：诚实可靠，吃苦耐劳；驾车熟练，有汽车维护保养经验；熟悉道路，部队复员军人优先考虑。

（5）调度员

职位要求：有英语基础，性格开朗，不怕超时工作；熟悉道路情况，能熟练操作计算机。

（6）文员

职位要求：有物流或空运操作经验优先；思路敏捷，口头表达能力佳；英语须在四级或以上，听、说、读、写能力强；广东话与普通话熟练；能承受一定的工作压力和加班。

（7）搬运工人

职位要求：身体健康、强壮；吃苦耐劳，任劳任怨，有较强的执行能力；工作认真，有责任心，为人正直；男性。

（8）仓库管理员

职位要求：熟悉计算机基本操作；积极勤奋，为人忠厚老实，有良好的职业道德。

（9）报检员

职位要求：必须有报检员资格证书。

（10）报关员

职位要求：有报关员证；熟悉计算机操作，熟悉海关事务。

（11）空运操作员

职位要求：有工作服务的热忱，并有较强的责任心；能够承受工作压力，条理清晰；英语四级以上，熟悉Word、Excel等计算机操作；有两年或以上货代空运操作经验，具备良好的专业知识；具有良好的沟通能力，工作态度认真、负责。

想一想

如果可以选择，你想从事什么工作？你对自己的职业生涯有什么规划？

看一看

在你所的县市区有哪些航空货运公司？这些航空货运公司中有哪些岗位适合你？你

需要具备什么样的专业素养?

快照浏览

宁波空港特色	宁波空港物流园区	航空货运岗位	职业要求

清点收获

小组		成员姓名				
评价内容	项　　目	分值	自评30%	组评40%	师评30%	合计100%
	参与讨论的积极性	20				
	语言表达能力	20				
	发言及辩论的深度和广度	20				
	沟通能力	20				
	专业知识点掌握情况	20				
	合　　计	100				

晨思暮问

（1）为什么说宁波是"大海港、小空港"？

（2）你现在对航空货运有初步的认识吗？

（3）你对从事航空物流产生了兴趣吗？

（4）如果立志成为一名航空物流人，你该从哪些方面努力？

第八篇　镇海炼化　油路滚滚
——管道运输

视角360

一、镇海炼化：一个世界级炼化企业的崛起

  34年前，这里还是一望无际的棉花地与沉寂千年的海涂地；34年后，原先荒芜的海涂地上出现了中国炼油业的"镇海神针"；34年来，镇海炼化上下一心，顽强拼搏，开拓进取，快速崛起成为目前国内规模领先、成本领先、效益领先、竞争力领先的最大炼油企业（图8-1）。中国石油化工股份有限公司镇海炼化分公司（以下简称"镇海炼化"）是中国石化旗下的骨干企业，前身为始建于1975年的浙江炼油厂，1994年经整体改制成立镇海炼油化工股份有限公司并在中国香港联合交易所上市。根据中国石化整体战略部署，2006年3月24日镇海炼化股份公司撤回上市地位，同年9月28日，注册成立了中国石油化工股份有限公司镇海炼化分公司。

图8-1　镇海炼化的夜景

  目前，镇海炼化拥有2300万吨/年原油加工能力、60万吨/年尿素、100万吨/年芳烃、20万吨/年聚丙烯生产能力，4500万吨/年吞吐能力的深水海运码头，以及超过300万

立方米的储存能力,是中国最大的原油加工基地、进口原油加工基地、含硫原油加工基地、成品油出口基地和重要的原油集散基地之一。国际著名的所罗门咨询公司绩效评估报告显示,镇海炼化竞争能力居亚太地区72个炼厂第一组群。据美国《油气杂志》统计,镇海炼化 2008 年炼油能力居世界炼厂第17位。为亚太10大炼厂之一,是中国内地首家进入世界级大炼厂行列的炼油企业。

二、油路滚滚:一条石油长龙的建设

1. 甬沪宁输油管道全线开通

在宁波港大榭岛的东北角,原油从这里通过专用管道被源源不断地输往千里之外的各大炼油厂。

2004年6月29日上午10时50分,随着中国石化甬沪宁进口原油管道调度中心的指令下达,扬子石化储运厂员工轻点鼠标,来自宁波大榭岛油库的原油源源不断涌入扬子石化,这标志甬沪宁管道全线开通。全长666千米的甬沪宁管道是中国石化自行规划、设计和组织建设的第一条大口径、长距离原油输送管道,设计年输量达2000万吨(图8-2)。首站位于宁波大榭岛油库,经过镇海炼化再穿越杭州湾海底到嘉兴的白沙湾油库,由此分成三路,一路去上海石化,另一路去上海浦东的高桥石化,还有一路则直奔南京,先到金陵石化,再穿过长江抵达扬子石化。

图8-2 宁波港原油管道

2005年1~6月份,宁波港已经从这条名为甬沪宁进口原油管道输送原油达1000多万吨,超过去年全年的输送量,占同期宁波港原油中转量的2/3,累计输送量超过2000万吨。不产原油的宁波日益成为国家重要的能源储备和中转基地。

2003年,宁波港得天独厚的深水良港优势和优越的地理位置吸引了中石化战略投资的目光,双方合资兴建了大榭25万吨级、5万吨级原油码头各1座,以及配套的83万立方米的大榭油库。2004年5月20日,以宁波港为始发点的甬沪宁进口原油管道顺利投产,它连接了中国石化所属的镇海、上海、高桥、金陵、扬子五大骨干炼油厂。目前,该管道正在与长江管线进行连接,届时将使宁波港大吞大吐的优势得到进一步的发挥,也使该管道成为名副其实的原油疏运大动脉。

2. 横贯浙江成品油输油管开建

（1）一条地下石油长龙正将从东到西横贯浙江。

眼前，一根根钢管正在相连，它们将串起一条蜿蜒402千米的地下长龙，横贯浙江。钢管里流的是成品油，将源源不断从镇海炼化的油库输出，流向宁波、绍兴、金华、衢州……2010年1月28日，这条浙江最长的输油管道——甬绍金衢成品油管道在绍兴五和村开建。

这也是浙江省第三条输油管道，第一条是2000年10月投入使用的镇海到杭州成品油管道，第二条是2007年5月投入使用的上海金山—嘉兴—湖州成品油管道。

该项目总投资约19.2亿元，始于镇海炼化算山油库，止于衢州龙游，设计年输油量580万吨，主要输送汽油和柴油两大类油品，预计2011年底建成使用。

"管道建成后，将大大改善我省的成品油管网布局，克服目前的储运瓶颈，缓解浙江中西部成品油的供应压力。"中石化浙江分公司副总经理李玉杏接受记者采访时说，这是我省"十一五"重大建设项目规划，也是一个重要的民生工程。

（2）浙江用油量将"井喷"，单靠铁路无力承运。

为什么要建这样一条地下长龙？能源专家解释说，这是解决省内成品油运输瓶颈的需要。

据统计，2009年浙江省成品油消费总量为1350万吨。其中管道沿线的绍兴、金华、衢州三市消费总量在280万吨以上，预计2025年可达500万吨。但一直以来，这么大的用油量主要是靠铁路运输完成的。

"主要是经过萧甬线和浙赣线再运输到沿线中转油库。但是，这几条铁路线运输比较繁忙，有时运力不足，经常会影响正常运输。"李玉杏说，特别是春运等特殊时段里，成品油供需矛盾更加突出。

铁路运输一紧张，供油就有困难，有的地方就只能派汽车到镇海炼化运油，不仅不方便，而且存在安全隐患。因此，改变运油方式、建设一条先进的能源管道迫在眉睫。

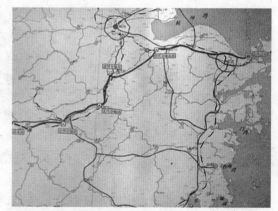

图8-3　甬绍金衢成品油管道——402千米地下石油长龙腾跃浙江

（3）途经13个县市区，好比把镇海炼化油管接到家门口。

据了解，与铁路运输相比，管道运输具有投资少、占地少、运量大、运输成本低且环保安全等优点，是目前世界上油品长距离运输最先进的方式。由于管道运输采用的是密闭运输方式，运输过程中几乎没有物料损耗，可以实现全天候自动化稳定连续运输。

这条输油管道对老百姓有何好处？李玉杏说，最直接的就是能保障油品的稳定供应。"管道建成后，就好比是把镇海炼化的成品油管直接接到了家门口，让百姓受益，让企业受益，促进地方经济发展。"

在一张设计图上，这条管道起点为宁波镇海炼化的算山油库，沿途经宁波的北仑区、镇海区、江北区、余姚市，绍兴的上虞市、绍兴县、诸暨市，金华的浦江县、义乌市、金东区、婺城区，终点为衢州市龙游县。沿线还设绍兴、诸暨、义乌、金华和龙游5座油品下载分输站场，并相应改扩建5座配套油库，新增库容19.3万立方米。

"这将大大完善我省的成品油管网布局，提高能源保障能力。"李玉杏介绍，该管道近期的运输量为580万吨/年，远期将达到1100万吨/年，并将覆盖舟山、丽水等地，甚至辐射到江西、湖南等省，成为国家"东油西送"能源战略的组成部分。

◉ 聚焦精彩

一、春晓天然气登陆宁波

春晓气田群是中石化新星公司于1994年发现的海上油气田（图8-4）。位于中国东海海域，由四个油气田组成，包括春晓气田、天外天气田、断桥气田、残雪油气田。东距上海市约450千米，距宁波北仑区春晓镇约345千米。所在海域水深94~110米，距已建成的平湖油气田约62千米。2002年2月，中国海洋石油生产研究中心完成了气田群总体开发方案报告。2004年5月12日，春晓气田群开发建设总体开发方案获国家发改委批准，批准工程总概算为95.3亿元。

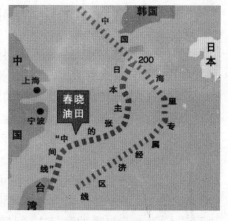

图8-4　春晓气田群

春晓气田群开发建设项目是一个大型海洋石油天然气开发建设项目，由中国海洋石油总公司（简称"中海油"）和中国石油化工集团公司合作开发，中海油担任作业者。该项目是国家重点工程项目，是西气东输的姊妹项目。被宁波市列为投资百亿元的14个特大型重点项目之一。

2002年3月，春晓气田群开发建设工程项目组成立，次年1月完成气田群开发的基本设计。开发项目包括：建造5座海上石油/天然气平台、铺设5条海底管道及1条跨杭州湾管道、建造一座陆地气体处理厂。分两期开发。2003年4月工程进入全面实施阶段。2005年11月27日，一期工程天外天气田投产，并具备了向下游市场的供气能力；残雪油气田和断桥油气田为二期开发工程项目。

春晓天然气开发利用项目的陆上终端项目——春晓天然气处理厂位于宁波北仑

区春晓镇，总投资4.08亿元，占地面积446亩，2005年7月28日全面完工，日处理天然气910万立方米。春晓天然气海底管道全长约350千米，于2006年2月28日正式向下游供气。

小资料

春晓天然气工程加紧铺设输气管道

　　1999年就开始前期工作的东海春晓天然气工程一直在紧锣密鼓中进行。这一工程通过长350千米的海底管道把天然气输入位于北仑春晓的天然气处理厂，经处理后进入杭州—宁波的天然气输送管道。据了解，该管道是东海天然气向浙江省供气的第一条主干道，全长237.7千米、管径813毫米，起于东海天然气登陆点三山，经宁波、绍兴，抵达西气东输的终点杭州崇贤，承担着向沿线城市以及镇海电厂、余姚国华电厂和萧山电厂输送东海天然气的重任，其中宁波段约128千米。

二、北仑海螺水泥加盟"静脉产业"

　　国际上形象地将废弃物转换为再生资源的行业称为"静脉产业"，因其变废为宝，循环利用，如同将含有较多二氧化碳的血液送回心脏的静脉。目前在宁波市北仑区，这条"静脉"已出现在水泥等多条"动脉"产业周围。

　　上游企业的一些废料就是下游企业的原料和能源，大工业大项目引来"吃废"小企业群。以临港大工业为特色的宁波市北仑区，正在打造减量化、再利用、再循环的"静脉"产业链。

　　在北仑区海螺水泥有限公司可以看到，长长的输送带将粉煤灰源源不断地送进直径4.2米、长11米的磨机中，与熟料、石膏、石灰石等原料一起粉磨生产水泥（图8-5）。据介绍，海螺公司每天要吃进1000多吨粉煤灰，主要取自周边的发电厂，其中80%来源于北仑港发电厂。

　　北仑港发电厂每年的煤灰输出量高达146万吨。过去，大量的煤灰堆放在海涂边的灰场，发电厂还在镇海的泥螺山建了

图8-5　北仑电厂石膏脱硫系统外景

一个排灰场。煤灰运输和堆放过程中不仅污染环境，发电厂还要付出每吨8元的运输成本。海螺公司根据国家有关标准合理掺入粉煤灰生产复合水泥，随着生产能力的扩大，每年消化粉煤灰40万吨，可节约成本600万元左右。

采撷芳华

一、什么是管道运输

寻思漫步

（1）想想家里的天然气、自来水是通过什么运输的？

（2）管道运输的物质有哪些？固体能进行管道运输吗？

指点迷津

固体料浆管道

固体料浆管道是指长距离输送浆液的管道。浆液由固体破碎成粉末状后与适量液体配制而成。现代管道运输中输送的固体主要是煤，此外还有铁、磷、铜、铝矾土和石灰石等矿物，所用液体一般为水。目前，世界上运送固体料浆的管道还不多，但随着一些技术问题的解决、完善和成熟，固体料浆管道将日益发展起来并得以广泛应用。

新疆首条固体矿产品运输管道加紧建设

新疆金宝矿业有限责任公司投资建设的新疆第一条固体矿产品运输管线正在加紧建设，年内将投入运行。据金宝公司总经理龙翼介绍，该管线总长8千米，一头连接矿山，一头连接选厂：铁矿石经过破碎、球磨、磁选，粗选出来的铁精粉以矿浆的形态被泵入管道，然后"流"向选矿厂进一步加工。届时，粗选出来的铁精粉将像石油、天然气一样，从矿山通过管道直接"流"向选矿厂。

龙翼总经理还谈道，该公司迄今为止采用的是传统的汽车运输方式：每年200万吨矿石从矿山拉到选厂，需要40辆重型卡车上下奔忙，仅运费就得投入2000万元。采用管道运输，运输成本只需500万元。而且通过将破碎、球磨、磁选设备前移至矿山，一来废料可以就地抛弃，二来品位较低的矿石也可以加以利用，资源利用率提高了。

"一吨矿石从矿山拉到选厂，汽车运输需要8元；采用管道运输，1吨粗加工铁精粉运到选厂只需1元。按扩大生产规模后每年300万吨矿石采、选量计算，1亿元管道项目投资五年就收回来了。"龙翼谈道。

1. 管道运输的概念

管道运输（pipeline transport）是用管道作为运输工具的一种长距离输送液体和气体物资的输方式，是一种专门由生产地向市场输送石油、煤和化学产品的运输方式，是统一运输网中干线运输的特殊组成部分。

2. 管道运输的类型

①原油管道；②成品油管道；③天然气管道；④固体料浆管道。

3. 当前管道运输的发展趋势

（1）管道的口径不断增大，运输能力大幅度提高；

（2）管道的运距迅速增加；

（3）运输物资由石油、天然气、化工产品等流体逐渐扩展到煤炭、矿石等非流体。

二、管道运输的优缺点

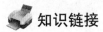 想一想

管道运输有什么优缺点？

知识链接

国内油气骨干管网突破7万千米
管道成第五大交通运输方式

"伴随着中国经济的快速腾飞和石油工业的蓬勃发展，目前中国油气骨干管道里程已突破7万千米。管道运输已成为继公路、铁路、水路和航空之后的5大交通运输方式。"中国石油管局局长赵玉建如是说。

赵玉建是在日前于河北廊坊举行的第六届中国国际管道论坛上做上述表示的。他预计，随着中国油气管线建设的不断加快，到2020年全国油气管网里程将达到20万千米，基本实现全国骨干线联网。

据介绍，为适应国民经济快速发展对能源的旺盛需求，中国近年来加快了东北、西南、西北、海上四大能源通道以及油气储备基地和储运配套设施建设，其中，西北已建成中哈原油和中亚天然气两条跨国管道；西南即将开工建设中缅油气管道；东北正在抓紧建设中俄原油管道。

在五大运输方式中，管道运输有着独特的优势。在建设上，与铁路、公路、航空相比，投资要省得多。就石油的管道运输与铁路运输相比，交通运输协会的有关专家曾算过一笔账：沿成品油主要流向建设一条长7000千米的管道，它所产生的社会综合经济效益，仅降低运输成本、节省动力消耗、减少运输中的损耗3项，每年就可以节约资金数10亿元左右；而且对于具有易燃特性的石油运输来说，管道运输更有着安全、密闭等特点。

在油气运输上，管道运输有其独特的优势：首先在于它的平稳、不间断输送，对于现代化大生产来说，油田不停地生产，管道可以做到不停地运输，炼油化工工业可以不停地生产成品，满足国民经济需要；二是实现了安全运输，对于油气来说，汽车、火车运输均有很大的危险，国外称之为"活动炸弹"，而管道在地下密闭输送，具有极高的安全性；三是保质，管道在密闭状态下运输，油品不挥发，质量不受影响；四是经济，管道运输损耗少、运费低、占地少、污染低。

成品油作为易燃易爆的高危险性流体，最好运输方式应该是管道输送。与其他运输方式相比，管道运输成品油有运量大，劳动生产率高；建设周期短，投资少，占地少；运

输损耗少，无"三废"排放，有利于环境生态保护；可全天候连续运输，安全性高，事故少；以及运输自动化，成本和能耗低等明显优势。

1. 管道运输的优点

（1）运量大

一条输油管线可以源源不断地完成输送任务。根据其管径的大小不同，其每年的运输量可达数百万吨到几千万吨，甚至超过亿吨。

（2）占地少

运输管道通常埋于地下，其占用的土地很少；运输系统的建设实践证明，运输管道埋藏于地下的部分占管道总长度的95%以上，因而对于土地的永久性占用很少，仅为公路的3%，铁路的10%左右。在交通运输规划系统中，优先考虑管道运输方案，对于节约土地资源意义重大。

（3）管道运输建设周期短、费用低

国内外交通运输系统建设的大量实践证明，管道运输系统的建设周期与相同运量的铁路建设周期相比，一般来说要短1/3以上。历史上，中国建设大庆至秦皇岛全长1152千米的输油管道，仅用了23个月的时间；而若要建设一条同样运输量的铁路，至少需要3年时间（图8-6）。新疆至上海市的全长4200千米天然气运输管道，预期建设周期不会超过两年；但是如果新建同样运量的铁路专线，建设周期在3年以上。特别是地质地貌条件和气候条件

图8-6　西气东输石油管道

相对较差，大规模修建铁路难度将更大，周期将更长。统计资料表明，管道建设费用比铁路低60%左右。

天然气管道输送与其液化船运（LNG）的比较。以输送300m^3/a（立方米/年）的天然气为例，如建设6000千米管道投资约120亿美元；而建设相同规模（2000万吨）LNG厂的投资则需200亿美元以上；另外，需要容量为12.5万立方米的LNG船约20艘，一艘12.5万立方米的LNG船造价在2亿美元以上，总的造船费约40亿美元。仅在投资上，采用LNG就大大高于管道。

（4）管道运输安全可靠、连续性强

由于石油天然气易燃、易爆、易挥发、易泄漏，采用管道运输方式，既安全，又可以大大减少挥发损耗，同时由于泄漏导致的对空气、水和土壤污染也可大大减少。也就是说，管道运输能较好地满足运输工程的绿色化要求。此外，由于管道基本埋藏于地下，其运输过程恶劣多变的气候条件影响小，可以确保运输系统长期稳定地运行。

（5）管道运输耗能少、成本低、效益好

发达国家采用管道运输石油，每吨千米的能耗不足铁路的1/7，在大量运输时的运输成本与水运接近，因此在无水条件下，采用管道运输是一种最为节能的运输方式。管

道运输是一种连续工程，运输系统不存在空载行程，因而系统的运输效率高，理论分析和实践经验已证明，管道口径越大，运输距离越远，运输量越大，运输成本就越低，以运输石油为例，管道运输、水路运输、铁路运输的运输成本之比为1：1：1.7。

2. 管道运输的缺点

（1）专用性强，运输货物过于专门化，运输物品仅限与气体、液体、流体。

（2）永远单向运输，机动灵活性差。

（3）固定投资大。

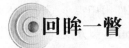

快照浏览

管道运输类型	宁波镇海炼化炼油能力世界排名	管道运输的优点

清点收获

小组		成员姓名				
评价内容	项目	分值	自评30%	组评40%	师评30%	合计100%
	参与讨论的积极性	20				
	语言表达能力	20				
	发言及辩论的深度和广度	20				
	沟通能力	20				
	专业知识点掌握情况	20				
	合计	100				

晨思暮问

（1）你现在对管道运输有初步的认识吗？

（2）管道运输为什么也是物流的范畴？

第九篇　资源整合　信息共享

——第四方物流

视角360

一、第四方物流开创"宁波模式"

"'四方物流市场'为什么会被称为'宁波版本',最关键的就是其中含有的许多创新点。"专家说,"在该流程中,政府、银行、企业都参与进来,从而让物流涉及的所有方面都能在流程中得以解决,而企业和银行的双运营主体则保证了物流活动的安全、可靠。"

宁波打造的国内首个双运营主体的四方物流市场正在发挥惊人的集聚效应——运营一年已有3050家企业"登陆",信息发布总量达37万条,实现网上交易3亿元。会员延伸到北京、上海、杭州、郑州、嘉兴、温州等国内大中型城市,交易内容包括海运、陆运、空运及仓储等各类物流服务(图9-1)。

图9-1　四方物流市场网站

第四方物流的突出优势在于,通过政府搭台,银行和企业共同参与,以最便捷的方式聚集物流资源和交易信息,以最规范的方式实现交易和支付。企业能得到的最直接好处就是通过网上市场迅速达成交易,降低成本,实现交易和服务的便利化、规范化。

2009年7月，宁波第四方物流市场被浙江省交通厅认定为"浙江交通物流公共信息系统网上交易市场"，成为浙江交通物流公共信息系统的重要组成部分，借助"浙江省交通物流网上交易市场"的品牌将特色服务快速向全省乃至全国延伸。

宁波第四方物流的发展模式是：以宁波第四方物流平台为核心、以发展港口物流为龙头。根据宁波资源禀赋和物流业发展的重大历史机遇，宁波把发展第四方物流作为宁波转变经济增长方式的突破口，并努力实现跨越式发展，全面启动物流平台和基地建设，2009年3月19日，建立了全国首家第四方物流交易平台——宁波四方物流市场。宁波四方物流平台在市域范围内整合物流资源，通过提供信息发布、交易匹配、合同签订、支付结算、信用评价、整体物流六大解决方案，成为国内第一个由双运营主体组建的平台架构，首次建立了第四方物流平台信息标准体系，开创了"政、企、银"互动模式，打造了第四方物流信用联动机制，成为现代物流业发展的"宁波模式"。该平台运用现代信息技术，将物流、信息流、资金流统一到一个安全、高效的交易平台上，实现政府与政府、政府与企业、企业与企业、企业与中介组织之间的信息变换和共享，实现物流政务服务和物流商务服务的一体化，范围涵盖海运、陆运、空运等多种运输方式，其功能支持运输、仓储、分拣、配送等物流供应链全过程。其资源整合方式参见四方物流市场资源整合效果图（图9-2）。

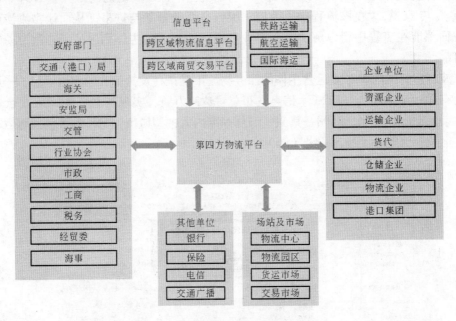

图9-2　四方物流市场资源整合效果图

1. 四方物流市场平台的五大特点

（1）四方物流市场由运营实体和多家银行联合体构成双主体，通过技术性手段和制度性安排，向托运方、承运方以及货代方提供第四方物流服务；

（2）四方物流市场能为会员提供高水平、高效率、规范性的合同式交易服务；

（3）四方物流市场能为会员提供安全、便捷实时的网上银行支付结算服务；

（4）四方物流市场能为会员提供涵盖运输商务、行政服务绿色通道等全程服务；

（5）四方物流市场通过权威的信用体系及联合惩戒机制打造市场诚信品牌，提升会员企业价值。

2. 四方物流市场平台的四大价值

（1）使货主企业物流成本下降、物流效率提高、物流过程安全。

（2）使物流企业商业机会增加、资金周转迅速、服务能力提升。

（3）让物流产业经营运作规范、行业环境诚信、信息化水平提高。

（4）让社会总体流通成本降低、经济效益提高、产业结构优化。

3. 四方物流市场平台的五大优势

（1）政策优势，第四方物流市场能够为客户带来规范管理及优惠的政策服务。

（2）信用优势，以政府公信力为基础，第四方物流市场将工商、银行、公安、交通等静态信用与平台交易互评产生的动态信用相结合形成了权威的信用管理体系，为企业在市场中交易及结算提供信用保障。

（3）资源优势，依托宁波大港口、大外贸的资源优势，通过推进企业、园区、专业市场的信息化建设及联网，推广应用GPS、RFID等物流信息技术，采集大量物流供需信息形成权威信息平台。

（4）功能优势，根据企业需求，市场提供信息发布、交易配对、合同确认、支付结算、信用管理、物流整体解决方案六大核心功能应用，优化供应链管理，提高企业运作效率，降低运营成本。

（5）服务优势，依托规范的市场会员准入制度及市场运营管理制度并与金融保险等服务供应商开展合作为客户提供优质、高效丰富的一体化服务，提升客户品牌和效益。

4. 四方物流市场平台的六大核心功能

（1）信息发布，为会员企业提供各种信息发布渠道，包括货源信息、车源信息、专线信息、仓储信息等各类物流供求信息。

（2）交易匹配，为会员企业提供自动匹配和手动匹配两种交易模式，快速找到符合要求的资源信息。

（3）合同签订，为会员企业提供标准规范的电子交易合同，明确交易双方义务，保障交易双方的合法权益。

（4）支付结算，为会员企业提供B2B的电子支付结算功能，会员可以通过四方物流市场平台进行账单管理和支付管理。

（5）信用评价，为会员企业提供权威的信用评价管理体系，结合银行信用、政府信用等静态信用信息和交易信息产生的动态信用记录，提升企业经营品牌。

（6）整体物流解决方案，为会员企业提供物流整体解决方案，集成第三方物流企业优势资源，优化货主企业供应链管理。

小资料

　　第四方物流市场是独具特色的物流综合信息服务平台，为物流链上的各类用户提供在线物流电子商务、交易支付、信息增值服务，支持运输、仓储、分拣、配送等物流供应链全过程，是宁波市发展现代物流业的重点工程。通过建设一个四方物流平台，采用电子流解决供应链中商流、信息流、物流、资金流协同和流畅，全面实现物流的电子服务。宁波第四方物流活动的载体是第四方物流市场，它是以第四方物流公司和多家银行联合体构成的双主体运营模式，以物流信息平台为主要功能载体，以实现物流服务交易为核心功能的市场体系。它是在政府监管及政务服务的双重支撑下，为市场内各物流供需微观主体（企业、中介、政府机构）提供第四方物流服务。

　　第四方物流市场，是物流综合信息服务平台，用于提供物流网上交易和物流信息服务功能等特色服务，以期打通国际和国内物流，推动宁波大通关、大物流协同发展。自2009年3月第四方物流市场正式运营以来，网上交易、支付结算、信用保障、GPS管理等各项功能逐步推出，吸引了上千家企业通过第四方物流市场发布货源、运力信息，达成物流交易，并支持了梅山保税港、空港物流园区、海铁联运等重大项目建设。第四方物流市场功能和配套政策的进一步完善，将有效提升宁波现代物流业整体发展水平，进一步提升宁波物流的竞争力。

　　宁波第四方物流市场作为宁波物流公共信息平台工程，与国务院出台的《物流业调整和振兴规划》中提到的"以物流一体化和信息为主线，积极营造有利于物流业发展的政策环境，加快发展现代物流业，建立现代物流服务体系，以物流促进其他产业发展"的指导思想相一致。宁波第四方物流市场启动运营，有利于推动宁波现代物流业的进步与发展，同时也给宁波物流企业带来新的经营理念和新的商机（图9-3）。

图9-3　宁波现代物流发展研讨会

　　通过四方物流市场平台（战略任务）仓储、配送、运输等功能实现无缝衔接；增加商品流动、降低客户成本；实行统一管理、业务协同、计划优化；资源统一调度、协同作业、库存均衡。以达到全面实现市场大发展、业务大合作、服务大提升的目标。

小资料

四方物流市场建设重要事记

2006年3月，走访宁波各物流企业，开展了宁波综合运输信息系统建设的调研。

2007年2月，完成了宁波综合运输信息系统项目建设方案研究。

2007年10月，完成了宁波第四方物流运输市场综合制度创新研究。

2008年2~9月期间，宁波市人民政府办公厅印发了《关于2008年宁波第四方物流运输市场建设主要任务分解的通知》、《宁波市人民政府培育第四方物流市场试行办法的通知》、《关于培育第四方物流市场的扶持政策的通知》、《关于宁波市第四方物流市场行政服务和安全监管办法(征求意见稿)征求意见》等。

2008年9月，宁波市交通局、市财政局、市口岸打私办、市信息产业局、市政府法制办、市国资委等六部门研究制定了《宁波第四方物流市场建设项目任务书》。

2008年9月，完成第三轮的企业需求调研并加快项目开发建设。

2008年12月，四方物流市场的中英文域名确定，门户网站投入试运行。

2009年3月19日，四方物流市场正式运营。

2009年7月，宁波第四方物流市场被浙江省交通厅认定为"浙江交通物流公共信息系统网上交易市场"。

二、"第四方"平台推动物流业实现大跨越

创立一年，融合电子政务和电子商务的宁波第四方物流市场，用户超过6400家，并以每月近100家的速度递增。

第四方物流，这一现代物流市场大平台，不仅带来了宁波物流市场各主体"井喷"式的增长，激发了他们的活力，也正在将各种物流主体协同、整合成为一个巨大的物流网络体系，为宁波的社会经济发展提供持续的动力。

日前，在宁波现代物流发展研讨会暨部市合作重大软科学项目结题验收会上，以第四方物流市场平台带动现代物流产业体系发展的创新性做法，被业内专家誉为"宁波模式"。

2006年，拥有港口优势的宁波市，组织开展了现代物流产业转型发展模式的调研，由此形成了"发展第四方物流市场"的战略构想。2008年，科技部将此课题列为当年部市合作的重大软科学课题予以支持。

宁波为什么要把现代物流业作为未来优势产业和现代服务业的龙头产业加以培育？建设我国现代物流产业体系将面临哪些难题？面对前瞻性、战略性问题，软科学研究怎

样为现实决策提供有效支撑？

1. "第四方"平台把物流各环节、各企业整合起来

宁波是一个以港口物流为支柱产业的沿海开放城市。2008年全市物流总额超过12 000亿元，海港国际航运物流在开放型经济发展中具有重要地位和作用。但是，宁波原有的物流产业基础比较薄弱，企业规模小，都是一些中小企业，只参与物流业单一环节的投资运作，信息化程度低，没有龙头企业，更没有跨区域的大企业来牵头整合各方面的力量和物流资源。因此，尽管宁波港域货物年吞吐量居世界第四，但物流业给宁波经济的发展贡献率还很有限。

如果宁波的物流从传统物流转型为现代物流，并且形成一个整体产业体系的优势，再同内外贸易、金融服务等捏成一个拳头，产业、行业间互相促进，共同发展，这必将对宁波的制造业、现代农业和整个服务业的转型升级发挥具有全局意义的作用。

突破口是整合物流各个环节和从事单一环节物流中小企业的经营模式，并促进其向现代物流业升级发展。针对这一问题，宁波市政府经过详细调研论证，在总结吸收国内成功经验和国际先进理念的基础上，决定以第四方物流市场平台建设为突破口。通过第四方物流这种市场大平台，通过信息化、网络化和制度化的手段，通过市场机制的作用，通过政府的有效服务，把整个物流环节有机地组合起来，让它成为一个有效的运作体系。

这项研究的最大特色是把理论研究与实践结合起来推动实际工作。整个项目由课题研究团队和实际工作团队组成，并实现交叉兼职、有机协调推进。在第四方物流市场课题研究和整个项目实施方案构建及实施的过程中，坚持理论研究先行、方案设计反复讨论和边研究边建设，交叉论证实施的办法，并在建设中不断进行调整和完善，理论研究和实际工作相互交叉，在交互作用中推进。

2. 推动网络市场从信息交换向市场服务交易转变

宁波市第四方物流市场对制约现代物流体系发展的5个问题进行了探索：通过电子口岸的信息和货主企业信息上网，解决了物流供需双方的物流信息的集聚问题；通过核心会员制和市场信息的撮合，解决了从信息交换到市场服务交易的难题；通过对网上结算的专门研究，第四方物流市场同金融机构的合作，以及同城同行、同城异行支付平台，物流费用及时结算机制的建设，解决了物流服务结算难的问题；通过物流市场的激励制度建设和政府宣传，解决了信用建设和保障物流市场主体合法权益的难题；通过地方物流业标准的研究和信息化技术的应用开发，解决了物流业标准制订和运营情况监管的难题。

3. 发挥物流业课题研究的综合作用，推动产业转型升级

首先必须指出的是，这个课题的研究恰逢其时，呼应了我国物流业调整和振兴规划。前期的研究为我们做好了理论、政策、人才等多方面的准备，让宁波抓住了这次发展的机会。宁波作为规划中的全国物流节点城市，第四方物流市场建设对地方社会经济发展已开始展示出很强的引领和带动作用。

在"发展第四方物流市场"的探索过程中，诞生了多家国有企业参股的宁波国际物流有限公司，并产生了很好的作用。①推动了物流企业的信息化和转型升级；②进一步促进了把宁波的港口航运优势提升为国际航运物流业的发展优势；③加快了宁波的各类物流产业基地建设；④提高了政府对网络贸易市场的服务和监管能力和水平；⑤逐步推动宁波物流业向腹地的延伸和向国外的拓展。第四方物流市场推进了我们同国家口岸监管部门开展深入合作，在海铁联运向腹地延伸等新的物流业发展方式上也取得了突破。所以，当宁波同样遭受国际金融风暴冲击的时候，宁波港口的航运业务下降幅度远低于全国其他城市。在国际进出口贸易大幅下降的情况下，宁波物流业仍连续三年保持10%以上的增幅。应当说，第四方物流在推动产业转型升级上已经取得了比较好的初步成果。

第四方物流研究建设带动了宁波对现代物流人才的培养和研究团队的建设。在研究团队基础上组建了宁波现代物流规划研究院，宁波大学、万里学院等高校引进了10多位物流专家，万里学院正在筹建现代物流学院，一批课题研究也广泛展开，全市组织了总数达1000人规模的现代物流大学生再培养计划。现在，不仅大学和研究机构重视物流人才培养，宁波市的党政官员在党校接受教育时也开设了物流专题讲座。宁波现在已成为浙江省的物流人才培养基地。

依托第四方物流部市合作软科学课题研究，还大大提升了宁波在现代物流业同国际国内交流的水平。而在此前，我们几乎没有这方面的交流。现在，国内外很多一流的物流专家，都参与到了"发展第四方物流市场"的研究中。物流专题讲座等活动的开展所带来的对宁波经济、社会和教育等理念上的影响也是值得肯定的。

聚焦精彩

一、通关"一点通"

"海关业务外网的建设，实现了一站式的登录模式，将许多以前需要进不同网站进行查询的业务，综合在一个网站，大大方便了货代人员的各种操作。"宁波外代新华国际货运有限公司报关部经理梁峰兴奋地告诉记者，"现在，我们可以在自己办公室通过海关业务外网直接完成海关要求的相关派单改单手续，每票单子只要向海关递交纸面单证，其他手续全部能在自己办公室完成。"

宁波天一报关行总经理唐行飞在谈起宁波电子口岸建设时，对宁波海关的"业务外网"印象深刻："作为天一报关公司的一名管理者，以往对报关单的管理都很被动，许多信息都要向基层报关员去收集，并且收集的内容准确度不高，时效性差，用了海关业务外网后，我觉得我掌握了主动权，可以很少向报关员去收集信息了。并且用了此系统后，我还可以监管报关员的工作进度了。如果我想知道公司当天向海关申报了多少票报关单，就可以点击报关单派单申请系统；要查询当天申报单子有多少票查验或未放行，可点击报关单已接单未放行，就可以查到相对应的报关单等。海关业务外网能在第一

时间内帮我了解想要了解的报关单流向，并且准确度高，时效性快，真的是企业的好帮手，好管家。"

电子口岸是由国务院倡导，海关总署牵头，国务院12个部委共同参与建设的跨部门数据交换、联网核查和企业网上办理进出口手续的统一信息平台（图9-4）。宁波电子口岸从2003年投入建设以来，经过6年多的发展，逐渐发展成为一个协同电子政务和电子商务于一体的区域性综合物流信息平台，提供外贸物流行业的业务协同处理和电子信息交换服务。在2005年11月召开的全国地方电子口岸建设现场会上，宁波创造的"起步晚、周期短、投资少、见效快"的电子口岸建设模式也得到了时任中共中央政治局委员、国务院副总理吴仪的充分肯定。

图9-4 中国宁波电子口岸门户网站

近年来，宁波海关积极探索在地方电子口岸平台中建立"海关业务外网"，实现海关项目由电子口岸"一点登录"，建立与H2000通关作业系统相匹配的新型物流信息监控系统，以集中的办事平台，形成外网申请、内网审批、互动反馈的管理模式，为企业提供更高效的服务，降低企业成本，得到了企业的一致好评。据统计，目前，宁波海关业务外网上已推出10大类25个企业办事项目，103项功能，涉及企业管理、业务查询、参数管理等多个方面。

海关业务外网的建设以信息流代替传统的纸面单证传递，方便企业办事，减少来回奔波，降低了成本；同时实现物流信息资源共享，给进出口企业、货代、船公司等各类业务实体都带来了极大的通关便利，提高了通关效率。海关业务外网企业办事系统整合了企业需要办理的海关业务事项，统一用户管理和访问方式，为企业提供统一办理海关相关业务的平台，各类企业通过外网办事系统向海关进行业务申报，并查询办事结果和记录；企业还可以订阅主动提醒服务，通过手机、页面等方式实时获得通关状态、物流状态等重要信息，实现了企业通过一个平台办理所有海关相关事务，形成"集中、便

捷、经济、高效"的一站式服务。

截至目前，宁波电子口岸已经成为了集合通关信息服务、通关政务办事和口岸数据交换三大功能为一身的综合性平台，不但严密了监管，提升了海关的管理水平，而且方便了企业，提高了口岸的大通关效率。经初步测算，启用宁波电子口岸平台后，每年可为宁波外贸物流相关行业节约用时约338万小时、节省直接费用约1580万元。

二、物流"四方通"

货物发到哪里了，是否已经通关，有哪些仓库可以储存产品等，这些信息都可以通过手机掌握。事实上，只要有手机信号的地方，业务员就能通过四方平台随时随地做生意，经测算，市场为企业降低成本20%，管理效率提高20%以上。

原来揽货、找货盘都是业务员一家家上门拜访，不仅花费大量的时间，而且业务量也不能得到保证。有了第四方物流市场以后，通过"海运通"信息平台发布海运运价信息，轻松缓解了这些问题，获得了大量的货物实盘，并成功在平台上完成交易（图9-5）。

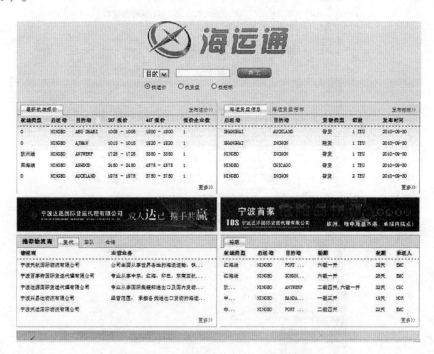

图9-5 四方物流市场——海运通

"货主车队联网服务"是第四方物流市场企业联网服务中的一类，它是应用于货主和车队之间的在线服务，在第四方物流平台上展现实际业务订单流转的全流程，同时为货主和车队提供客户管理和对账管理功能，方便账单维护和数据统计，从而提高了货主企业的物流信息化水平和车队企业的运输管理能力，降低了运输成本和运输交易风险。第四方物流真是"通四方"（图9-6、图9-7）。

图9-6　四方物流市场——空运通

图9-7　四方物流市场——陆运通

采撷芳华

一、什么是第四方物流

寻思漫步

你知道第一方、第二方、第三方、第四方物流吗?

指点迷津

第一方物流。第一方物流指卖方、生产者或者供应方组织的物流活动。这些组织的主要业务是生产和供应商品,但为了其自身生产和销售的需要也要进行物流网络及设备的投资、经营与管理。供应方或者厂商一般都需要投资配备一些仓库、运输车辆等物流基础设施。卖方为了保证生产正常进行而建设的物流设施是生产物流设施,为了产品的销售而在销售网络中配备的物流设施是销售物流设施。总的来说,由制造商或生产企业自己完成的物流活动称为第一方物流。

第二方物流。第二方物流指买方、销售者或流通企业组织的物流活动。这些组织的核心业务是采购并销售商品,为了销售业务需要投资建设物流网络、物流设施,并进行具体的物流业务运作和管理。严格地说,从事第二方物流的公司属于分销商。

第三方物流(third-part logistics, 3PL或TPL),是相对"第一方"发货人和"第二方"收货人而言的。3PL既不属于第一方,也不属于第二方,而是通过与第一方或第二方的合作来提供其专业化的物流服务。它不拥有商品,不参与商品的买卖,而是为客户提供以合同为约束、以结盟为基础的、系列化、个性化、信息化的物流代理服务,最常见的3PL服务包括设计物流系统、EDI能力、报表管理、货物集运、选择承运人、货代人、海关代理、信息管理、仓储、咨询、运费支付、运费谈判等。由于业务的服务方式一般是与企业签订一定期限的物流服务合同,所以有人称第三方物流为"合同契约物流"。

第四方物流。第四方物流是一个供应链的集成商,是供需双方及第三方物流的领导力量。它不是物流的利益方,而是通过拥有的信息技术、整合能力以及其他资源提供一套完整的供应链解决方案,以此获取一定的利润。它是帮助企业实现降低成本和有效整合资源,并且依靠优秀的第三方物流供应商、技术供应商、管理咨询以及其他增值服务商,为客户提供独特的和广泛的供应链解决方案。

经典概念

第四方物流是1998年美国埃森哲咨询公司率先提出的,是专门为第一方、第二方和第三方提供物流规划、咨询、物流信息系统、供应链管理等活动。第四方并不实际承担具体的物流运作活动(图9-8)。第四方物流(fourth party logistics)是一个供应链的集成商,是供需双方及第三方物流的领导力量。它不是物流的利益方,而是通过

117

拥有的信息技术、整合能力以及其他资源提供一套完整的供应链解决方案，以此获取一定的利润。它是帮助企业实现降低成本和有效整合资源，并且依靠优秀的第三方物流供应商、技术供应商、管理咨询以及其他增值服务商，为客户提供独特的和广泛的供应链解决方案。

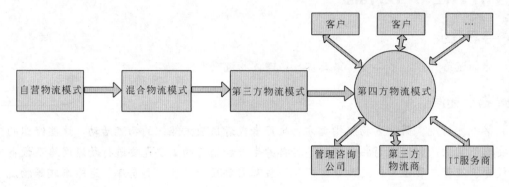

图9-8　第四方物流模式

1. 第四方物流的基本特征

（1）第四方物流有能力提供一整套完善的供应链解决方案，是集成管理咨询和第三方物流服务的集成商。

（2）第四方物流是通过对供应链产生影响的能力来增加价值，在向客户提供持续更新和优化的技术方案的同时，满足客户特殊需求。

（3）成为第四方物流企业需具备一定的条件，如能够制定供应链策略、设计业务流程再造、具备技术集成和人力资源管理的能力；如在集成供应链技术和外包能力方面处于领先地位，并具有较雄厚的专业人才；如能够管理多个不同的供应商并具有良好的管理和组织能力等。

2. 第四方物流的三种模式

按照国外的概念，第四方物流是一个提供全面供应链解决方案的供应链集成商（图9-9）。

第四方物流存在三种可能的模式。

（1）协助提高者：第四方物流为第三方物流工作，并提供第三方物流缺少的技术和战略技能。

（2）方案集成商：第四方物流为货主服务，是和所有第三方物流提供商及其他提供商联系的中心。

（3）产业革新者：第四方物流通过对同步与协作的关注，为众多的产业成员运作供应链。

第四方物流无论采取哪一种模式，都突破了单纯发展第三方物流的局限性，能真正的低成本运作，实现最大范围的资源整合。因为第三方物流缺乏跨越整个供应链运作以及真正整合供应链流程所需的战略专业技术，第四方物流则可以不受约束地将每一个领

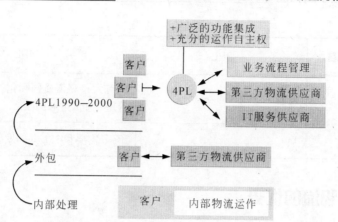

图9-9　第四方物流的演变

域的最佳物流提供商组合起来，为客户提供最佳物流服务，进而形成最优物流方案或供应链管理方案。

安达信所倡导的第四方物流概念认为，第四方物流供应商是一个供应链的集成商，它对公司内部和具有互补性的服务供应商所拥有的不同资源、能力和技术进行整合和管理，提供一整套供应链解决方案。可称之为"总承包商"或"领衔物流服务商"。

二、第三方物流与第四方物流的区别

想一想

第四方物流与第三方物流有什么区别（表9-1）？

表9-1　第三方物流与第四方物流的比较

序号	服务项目	3PL	4PL
1	解决方案	只能为客户提供针对企业自身的最优化服务	提供一个全方位的供应链解决方案
2	资源整合	缺乏跨越整个供应链运作以及真正整合供应链流程所需的战略专业技术	能最大限度地对供应链企业的资源进行利用和整合
3	服务质量和运营成本	简单的运输和仓储服务，运营成本局部较低、整体较高	4PL是客户企业利益共享的合作伙伴，借助信息手段，服务质量较高，服务方式不断创新，运营成本更低
4	信息技术	较弱	具有强大的信息技术支持能力和广泛的服务网络覆盖支持能力

序号	服务项目	3PL	4PL
5	人才优势	较弱	拥有大量高素质国际化的物流和供应链管理专业人才和团队
6	独立生存	强	不强,需要和 3PL 共同发展

三、第四方物流的优势

想一想

第四方物流相对第三方物流有什么优势（图9-10）？

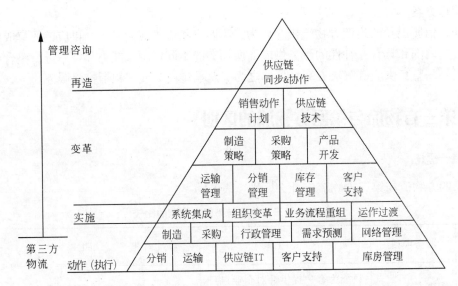

图9-10　第四方物流的优势和功能

（1）具有对整个供应链及物流系统进行整合规划的优势。第三方物流的优势在于运输、储存、包装、装卸、配送、流通加工等实际的物流业务操作能力，在综合技能、集成技术、战略规划、区域及全球拓展能力等方面存在明显的局限性，特别是缺乏对整个供应链及物流系统进行整合规划的能力。而第四方物流的核心竞争力就在于对整个供应链及物流系统进行整合规划的能力，也是降低客户企业物流成本的根本所在。

（2）具有对供应链服务商进行资源整合的优势。第四方物流作为有领导力量的物流服务提供商，可以通过其影响整个供应链的能力，整合最优秀的第三方物流服务商、管理咨询服务商、信息技术服务商和电子商务服务商等，为客户企业提供个性化、多样化的供应链解决方案，为其创造超额价值。

（3）具有信息及服务网络优势。第四方物流公司的运作主要依靠信息与网络，其强大的信息技术支持能力和广泛的服务网络覆盖支持能力是客户企业开拓国内外市场、降低物流成本所极为看重的，也是取得客户的信赖，获得大额长期订单的优势所在。

（4）具有人才优势。第四方物流公司拥有大量高素质国际化的物流和供应链管理专业人才和团队，可以为客户企业提供全面的、卓越的供应链管理与运作，提供个性化、多样化的供应链解决方案，在解决物流实际业务的同时实施与公司战略相适应的物流发展战略。发展第四方物流可以减少物流资本投入、降低资金占用。通过第四方物流，企业可以大大减少在物流设施（如仓库、配送中心、车队、物流服务网点等）方面的资本投入，降低资金占用，提高资金周转速度，减少投资风险。降低库存管理及仓储成本。第四方物流公司通过其卓越的供应链管理和运作能力可以实现供应链"零库存"的目标，为供应链上的所有企业降低仓储成本。同时，第四方物流大大提高了客户企业的库存管理水平，从而降低库存管理成本。发展第四方物流还可以改善物流服务质量，提升企业形象。

回眸一瞥

📷 快照浏览

第四方物流的概念	宁波四方物流平台网址	第四方物流的优势和功能

清点收获

小组		成员姓名					
评价内容	项　　目	分值	自评30%	组评40%	师评30%	合计100%	
	参与讨论的积极性	20					
	语言表达能力	20					
	发言及辩论的深度和广度	20					
	沟通能力	20					
	专业知识点掌握情况	20					
	合　　计	100					

晨思暮问

（1）你明白第四方物流的内涵吗？

（2）面对日益发展的物流行业，你今后如何适应时代发展的要求？

第十篇　物流行业　经济支柱
——物流产业

视角360

一、宁波物流产业发展的历程

宁波，地处沿海，经济活跃，为传统的商贸口岸，是全国性物流节点城市和首批开放的14个沿海港口城市之一。由国家产业调整及地方经济发展的现实情况表明，物流业在经济活动中的作用越来越大。作为朝阳产业的现代物流业，得到了宁波各级政府部门的高度重视和大力扶持。近年来，宁波的现代物流业发展速度迅猛，各县市区根据本地方的产业特点成立了各类物流园区，但由于历史原因及现实实际，宁波的物流产业仍存在很大的不足。如何在经济高速发展地域环境下加快宁波传统物流业转型升级、打造现代物流产业体系，成为政府及相关企业亟须解决的一道课题。

1. 转轨时期的物流市场化阶段（1978—1992年）

物资流通体制产生根本性突破，但物流管理部门职能仍处于横向分割状态；传统物流业朝着市场化改革迈出历史性一步；宁波港逐步转型，进入向海港发展的新阶段；物流业有了一定的发展，但服务单一，管理效率低下；工商业仍以国有企业为主；物流社会化程度低，物流成本高，运作效率低；同时各种物流操作标准不一、物流统计体系未形成。

2. 港口物流带动的转型提升阶段（1992—2003年）

物流管理体制改革继续深化，政府及企业对物流战略地位的认识日益加深；企业物流管理方式有所改善，物流市场有了较快的发展；宁波港积极向国际型深水中转大港转型升级，宁波物流产业以港口为龙头的特点逐渐显露出来；同时，现代物流理念引入，物流企业与企业物流逐步形成系统物流观。

3. 宁波物流业蓬勃发展阶段（2003年至今）

物流管理体制与政府职能改革持续推进；第四方物流市场建设加快，成为宁波物流

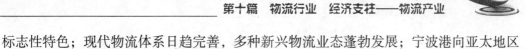

标志性特色；现代物流体系日趋完善，多种新兴物流业态蓬勃发展；宁波港向亚太地区国际物流枢纽目标进军，港城一体化加速。

二、宁波物流产业发展的现状

宁波市工商局发布的一份关于宁波物流业调研报告指出，当前宁波物流业进入快速发展阶段，社会物流总值、物流业增加值、物流企业数量逐年递增，物流园区的数量和质量也在快速发展；物流企业逐年增多，无论是在栎社机场、北仑港还是宁波四通八达的高速公路上，宁波的物流企业承接着来自全国各地的货物运输与中转。随着国务院将宁波确立为长三角物流区域三大中心之一、全国性物流节点城市，宁波物流业正在经历着高速发展（表10-1）。

表10-1　宁波市"十一五"物流业总体规模

项目＼年份	2006	2007	2008	2009	2010
GDP/亿元	2874.4	3435.0	3964.1	4214.6	4500
服务业增加值/亿元	1149.1	1390.8	1600	1783	1935
物流总额/亿元	8490.6	10 344.8	12 000	118 00	
物流业增加值/亿元	300	349	406	414	
占GDP比重/%	10.44	10.16	10.24	9.82	
占服务业比重/%	26.11	25.09	25.38	23.22	
物流成本/%	19.3	18.3	18.5	17.5	

1. 宁波物流产业总体规模逐年上升

从1999年起，宁波不少投资主体纷纷把视线投向了物流业，物流企业数量持续增长，新设物流企业逐年增长。早在1999年以前，宁波新设物流企业每年不到30家，但从1999年开始，每年新设物流企业都超过百家，年均有316家，年均增长速度在16.4%。据工商部门最新统计，全市现有从事运输、仓储、货代、海运业及相应的物流业务服务的企业近4000家，去年新增从事运输、仓储、货代、配送等物流业务的企业超过500家；培育了浙江中外运、金星、中通、海联、大港货柜等一大批在长三角及国内具有一定影响力的本地物流企业；形成了一支门类齐全、机制灵活、运作高效、竞争充分的市场主体。目前，全球排名前20位的物流巨头如联邦快递、马士基物流、UPS等均已落户宁波。同时，围绕港口服务、制造业基地建设、城乡配送等需求，逐步形成东部新城物流企业商务聚集区块、北仑镇海港口国际物流区块。已基本形成了一支门类齐全、机制灵活、运作高效、竞争充分的物流市场主体。但是，物流企业以中小民营企业为主，数量多、规模小。其中注册资本在5000万元以上的物流企业有59户，仅占总量的1.6%。

根据有资产记录的物流企业数据，资产总额小于1亿元的企业，占到96.2%；员工人数小于100人的企业，占到93.2%。现有的四千余家物流企业服务单一，多为功能型物流企业，缺乏综合服务型物流企业。运输的只管运输、仓储的只做仓储，单纯从事搬运的物流企业就有近1500家，真正能从事仓储、搬运、运输一体化的企业数量相当少。

2. 宁波物流产业正处于转型升级期

宁波物流业的发展正进入"老城新建"阶段。相关专业人士对宁波物流产业现状总结为：宁波还没有一家物流龙头企业可以引领宁波物流业发展的某一方向，各物流企业在经营企业时各自为政，企业之间的资源共享及合作欠缺，企业人才分布不均，企业物流技术运用不广，利润大多来源于简单的劳动操作。在资金支持、技术运用、规模扩大、人才培养与运用方面，宁波物流企业都有待提高。

当前，宁波物流企业还处于从传统物流向现代物流转型期，在管理体制、基础设施、人才结构等方面还存在着不足。从管理机制上讲，虽然宁波已经形成全市上下齐抓共管物流业的局面，但是在传统的条块分割体制安排下，物流的许多活动被割裂至不同的部门，而部门之间高效协作有待进一步理顺。企业的自身管理模式也是造成当前物流企业发展不畅的原因之一。在许多物流发达的国家，物流企业的盈利模式是开发增值服务，提供物流设计规划、解决方案以及具体物流业务运作等全程化物流服务，国内的一些知名物流企业如中外运、中储等都已开展了物流增值服务，而宁波绝大多数物流企业还局限于仓储、运输等常规物流服务项目的竞争，大大削弱了自身的核心竞争力。

此外，调查显示，当前物流企业对于规范物流业竞争环境的反映强烈。相关部门可依法整顿规范物流市场秩序和收费管理，加强工商、质检、公安等职能部门对物流市场秩序的监管，构筑功能完善的社会化服务体系。同时，还应鼓励物流行业协会发挥政府与企业以外的"第三部门"功能，实现行业自律。

3. 宁波物流产业基础建设投入不均衡

从基础设施看，经过几年来的大规模建设，宁波物流基础设施规模扩张较快，但衔接和配套有待进一步提升（图10-1）。一是不同运输方式间存在着衔接不畅。货物运输过程中存在多次中转、分拆倒装，增加了无效运输，难以满足物流服务一体化的需要。二是线路和节点的发展不平衡。在铁路、公路干线较快发展的同时，相应的物流节点，如物流园区等建设相对滞后。三是部分物流基础设施落后。特别是仓储业设施设备更新改造缓慢，有些仓库历史悠久，超期服役。根据工商部门对46家储运企业的调研数据，企业仓库以普通平房库、普通楼房库、开放式堆场为主，占总量的91.4%；立体仓库、可调节温度的仓库等现代化仓库数量极少（图10-2）。

4. 宁波物流产业发展的瓶颈是人才

物流人才特别是高端人才欠缺，也影响了产业整体优化升级。人才是现代物流发展的重要支撑。目前，物流专业人才被列为我国12类紧缺人才之一，缺口有60余万人，高级物流管理人才、中级物流管理人员、物流企业的市场营销人员、具体业务操作人员和

图10-1　萧甬铁路复线

图10-2　宁波空港物流园区

设备操作及维护的技术人员等需求都十分迫切。随着宁波物流业的不断发展，综合型的高级物流人才需求急剧增长。而宁波本地高等教育资源发展不足，在甬院校的专业设置和人才培养尚不能满足需要，高层次物流培训体系尚未建立。

5. 宁波物流产业的发展得到政府部门的高度重视

近年来，随着各级政府对物流业的重视加大，在招商引资的过程中物流企业的引驻工作得到加强，良好的产业经济结构和投资环境吸引了许多外资物流企业和国际知名企业生根落户，传统的宁波物流业得到了快速的促进和发展。据统计，宁波民营物流企业占物流企业总数的80%以上，国有、集体物流企业所占比例很小。宁波物流企业平均职工人数、平均资产总额、平均主营业务收入等反映企业规模的指标值均低于同类地区。大部分民营物流企业看重的是现实利益，对加大投资、扩大企业规模、人才培养与引进重视不够，对做大做强企业的决心不强。

这些问题的存在原因复杂。我国的劳动力总量较大，价格低廉，物流从业人员的接受文化教育程度普遍不高，物流教育发展严重滞后。一些先进的物流设施设备得不到有效运用，大大制约着物流企业及行业的发展速度。物流企业为了巩固各自的市场和客户群，防止经营机密外露，防止肥水流到外人田，一些可以共享的资源（如货源、线路、信息、管理等）得不到充分利用，因此也造成物流企业的运输成本走高。同时，每个物流企业在投入网络节点布局上单打独斗，以致物流网络节点布局不合理，造成运输转换衔接不畅，导致运输时效降低，物流企业各自开发的信息网络与政府搭建物流公共信息平台不相匹配，形成了一个个信息孤岛，信息资源浪费严重。宁波随着各类性质的物流企业不断涌入，物流企业的这一现象亟待改变。

现代物流业是宁波的优势行业，也是宁波现代服务业发展的重要突破口。当前市政府大力发展物流业，出台了许多政策，物流业发展的政策环境有了很大改善。但由于物流业是涉及许多部门的复合型行业，又是新兴的服务型产业，需要加大政策扶持力度，工商部门一份调查显示，"政策支持"和"市场规范"是宁波物流企业目前最希望政府加强的服务方向。

针对物流业的发展现状，有识之士提出，首先要加强对物流业发展的组织领导，进一步理顺物流发展所涉及的各个部门之间的关系，改善各部门之间职责交叉的现象，提高行业监管的效率。同时可结合宁波实际，进一步安排现代物流发展引导资金，改善物

流企业的融资环境，研究出台税费减免政策。比如，对于多功能的物流企业，其经营发生的仓储、运输、包装、流通加工、配送等活动，不分别计税，实行统一征税等；在物流企业过桥过路等费用上适当减免。

其次是有关部门应完善物流基础设施供给。鉴于物流业线路和节点的发展不平衡，在完善基础设施供给方面，应积极推进各类物流园区、物流中心、配送中心建设及运营，促进物流场站功能提升。

最后，物流企业应积极抓住当前第四方物流平台的发展机遇，推进企业信息化、标准化建设，努力实现与客户企业的供应链信息整合，应用先进网络技术。

三、全面构建宁波现代物流产业发展新格局

1. 确立物流领先的城市发展战略

实施以现代物流业为主导的产业发展战略，科学调整城市产业布局，将以第四方物流为主导、第三方物流为主体的现代物流业确立为城市主导产业，不断扩大政策资源，加大扶持力度，加快推进，率先发展。确立全国领先的城市发展战略，加大港口基础设施和对外交通设施建设力度，不断拓展国际国内航线，充分发挥宁波港以及各类海关特殊监管区服务全国的作用，培育和提升具有较强国际竞争力的现代物流产业，率先将宁波建设成现代化国际物流城市（图10-3）。

图10-3　宁波生态港口

2. 形成科学合理的物流设施布局

积极推进宁波港的大建设、大发展，建成具有较强国际竞争力和影响力的国际深水枢纽港、国际集装箱远洋干线港以及国际主枢纽港。

按照国家综合性交通枢纽建设要求，构建"一环六射"现代化、立体型对外交通网络和城市道路网系统，形成高速公路、铁路、航空和江海联运、海铁联运、水水中转等全方位立体型集疏运网络。

重新规划和整合梅山、镇海、北仑、大榭、穿山等8个沿海港区物流和政策资源，着力建设宁波港物流区域，构建以海港为核心，以空港和陆港为支撑，以国际枢纽型物流园区、区域综合型物流园区、市域配送型物流中心以及堆场、货站等为节点，以第四方物流平台等信息系统和物流通道为纽带，层次清晰、分工明确、联系紧密、运转高效的海、陆、空港物流区域联动发展的现代物流网络。

3. 形成物流领域全方位对外开放的格局

采取积极有效的政策，继续引进国际一流的物流企业、物流技术和物流管理模式。

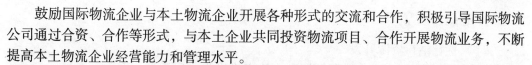

鼓励国际物流企业与本土物流企业开展各种形式的交流和合作，积极引导国际物流公司通过合资、合作等形式，与本土企业共同投资物流项目、合作开展物流业务，不断提高本土物流企业经营能力和管理水平。

进一步拓展港口腹地，做大、做深口岸贸易，积极推进第四方物流平台和电子口岸建设，加快发展适应国际中转、国际采购、国际配送、国际转口贸易的国际物流和保税物流；要继续大力推进宁波国际航运服务中心、国际贸易展览中心、国际金融服务中心建设。

4. 建立以第四方物流为主导、第三方物流为主体的现代物流产业体系

以第四方物流平台建设为抓手，全面发展第四方物流，不断加大政策支持力度，充分发挥第四方物流在整合物流资源、促进第三方物流快速发展等方面的主导作用。

集中政策资源，加大支持力度，重点扶持具有良好发展基础和市场前景、在本地市场发挥领头作用的第三方物流企业，形成结构完善、布局合理、具有较强国际竞争力的现代物流产业体系。

5. 健全现代物流业发展的政策、法规、规划等制度体系

在梳理调整原有政策、法规基础上，根据《物流业调整和振兴规划》的要求，结合宁波现代物流业进入跨越式发展的实际，不断完善、充实促进现代物流业发展的政策和法规体系；全面梳理各级、各部门出台的有关现代物流业发展的规划，根据经济社会和宁波物流业发展形势的变化特点，及时调整、修改和完善原有的规划，形成由市级政府规划为统领、市级各部门和各县（市）区相关规划为支撑的科学、完整的宁波现代物流业发展规划体系。

 聚焦精彩

"十二五"规划，展宁波物流产业发展蓝图

宁波市"十二五"规划明确指出：到2015年港口发展能级明显提高。港口综合服务功能不断增强，全国性物流节点城市基本建成，亚太地区重要国际门户和上海国际航运中心主要组成部分的地位更加巩固。港口货物吞吐量和集装箱吞吐量分别达到5.5亿吨和2000万标箱。物流业增加值从2010年的506.9亿元发展到2015年的1000亿元。

以浙江海洋经济发展纳入国家战略为契机，推进港口综合开发，强化综合服务功能，提升海洋经济发展水平，加快"世界大港"向"国际强港"、"交通运输港"向"贸易物流港"、"海洋经济大市"向"海洋经济强市"战略性转变，努力建设浙江省国家级海洋经济核心示范区。

1. 提升港口开发管理水平

（1）优化港口资源开发

坚持"深水深用、浅水浅用"原则，重点推进梅山、大榭、穿山三个港区专业码头建设，建成梅山港区3#~5#集装箱码头、大榭港区小田湾油品码头等，新建梅山港区6#~11#集装箱码头、镇海港区19＃和20＃液体化工码头、镇海港区通用散货码头等。规划开发象山港、三门湾等岸线。力争新增5000万吨的港口货物吞吐能力和600万标箱的集装箱吞吐能力。加快整合现有业主的岸线码头，推进其向公共码头转化，优化港口结构与布局。疏浚石浦下湾门航道，拓展港口锚地。推进集装箱陆域堆场建设。

（2）加快发展海铁联运

加快宁波海铁联运集装箱中心站和港口支线建设，完善提升镇海大宗货物海铁联运物流枢纽港功能。开通到江西、安徽、四川等的集装箱班列，培育海铁联运市场。完善海铁联运市场发展的政策扶持体系，强化货运代理、船运代理企业等市场主体培育，拓展港口辐射范围，到2015年，形成30万标箱的作业能力。

（3）优化"无水港"布局

编制实施宁波港口"无水港"发展规划，鼓励民间资本和宁波港集团等到中西部地区开发建设"无水港"。强化与"无水港"所在地的战略合作，联合研究出台扶持政策。鼓励我市的货运代理、集装箱运输、多式联运经营、综合物流服务等不同类型的企业到"无水港"开展业务，强化揽货体系建设，提升港口揽货能力，拓展港口经济腹地。

（4）提升港口竞争软实力

继续深化口岸大通关建设，推进海关、海事、检验检疫、边检等联合作业，探索实施"属地报关、口岸放行"通关模式。积极争取国家海洋经济高等教育和职业技术教育改革试点城市，建设国家级港口物流人才培养基地，提升港口科教研发创新能力。积极推进中国（宁波）港口博物馆建设，举办港口文化节、APEC港口网络联盟会议和发展中国家港口管理研修班等活动，提升港口国际知名度。

2. 深化港航战略合作

（1）推进宁波—舟山港一体化

坚持"优势互补、共同开发、互利共赢、促进融合"的方针，最大限度地发挥港口"四个统一"的集成效应和品牌效应，进一步完善宁波—舟山港联合发展机制，强化港口岸线开发、管理运营、资本技术等合作，推动实施口岸管理一体化。按照"市场主导、风险分担、互利共赢"的原则，以资产运营为纽带，建立与嘉兴、温州、台州等港口的联盟合作关系，形成功能明确、优势互补、布局合理的浙江港口联盟。深入开展APEC港口合作，提高港口资源利用效率，提升港口在全球航运体系中的资源配置能力。

（2）参与上海国际航运中心建设

充分发挥宁波深水良港和多式联运优势，按照"散集并举、以集为主"方针，大力发展集装箱运输和大宗散货中转储运。建立健全与上海港在航运、金融的合作发展机制，优化两地港口建设、航运服务等的布局，推进金融、航运等资源跨区域高效流动。强化两港资本、技术和业务等战略合作，共同开拓国内外腹地资源，共同推进上海国际航运中心建设。

（3）加强政策和体制创新

加快推进梅山保税港区综合改革，创新口岸管理等体制，逐步推进宁波梅山保税港区、宁波保税区（出口加工区、保税物流园区）功能叠加，推动其从单一功能向多功能、综合型园区发展。积极推进以宁波梅山保税港区为重点的国际航运综合试验区建设，争取享受上海国际航运中心建设的优惠政策，探索向自由贸易园区转型发展的新路子。积极争取国家在宁波开展海铁联运体制创新综合改革试点，完善港口铁路网络体系、场站体系，建立海铁联运协调机制，推行海铁联运跨省区和不同关区、检区间的区域大通关模式，提高宁波港口服务中西部发展的能力与水平。

3. 大力培育"三位一体"港航物流服务体系

（1）构建大宗商品交易平台

按照构建我国区域性资源交易配置中心的战略要求，加大资源整合力度，以液体化工、铁矿石、煤炭、钢材、木材、塑料、粮油、镍、铜等为重点，积极打造大宗商品交易中心，力争形成若干个在长三角、全国甚至全球有影响力的交易平台，到2015年实现市场交易额4000亿元以上。在北仑、镇海、大榭等统筹规划建设一批大宗散货储运基地和交割仓，完善配套设施，提高储运能力。培育引进一批中转、运输、配送等物流企业。

小资料

"十二五"时期规划建设的大宗商品交易中心（市场）

1. 宁波镇海液体化工产品交易市场；　2. 宁波镇海煤炭交易市场；

3. 宁波镇海钢材交易市场；　4. 宁波镇海木材交易市场；

5. 宁波华东物资城钢材交易市场；　6. 余姚中国塑料城；

7. 宁波镍金属交易中心；　8. 宁波长三角固体石化产品交易中心；

9. 宁波镇海大宗生产资料交易中心；　10. 宁波长三角汽柴油交易中心；

11. 宁波铁矿石交易中心；　12. 宁波进口煤炭交易中心；

13. 宁波大榭能源化工交易中心；　14. 宁波粮食交易中心；

15. 宁波船舶及船用产品交易市场。

（2）大力发展港航服务业

以保税港区、国际航运服务中心和物流园区等为依托，出台政策、完善配套、提升功能，大力发展智慧物流，鼓励发展国际中转、国际采购、进口分拨、出口配送等新型物流业态，支持拓展保税仓储、加工组装及配套增值服务，推进港口物流向价值链高端转变。鼓励航运金融创新，大力发展航运保险、船舶融资、资金结算等航运金融服务，培育和发展离岸金融市场。探索建立宁波船舶交易市场，大力发展船舶交易、船舶租赁

等业务。鼓励船务服务、港航培训等行业发展，完善港航服务体系。

（3）加强金融和信息支撑

加快推进宁波航运金融集聚区建设，积极引进国内外商业银行，大力发展航运金融服务。扩大投融资业务和渠道，研究设立与航运相关的政府性创投引导基金或公司。引导民间资本参与港口航运基础设施和公共事业建设，支持有条件的企业设立财务公司、金融控股公司等。完善电子口岸、智慧物流等平台，扩大物流公共信息互联互通范围。推进航运物流企业信息示范工程建设。

4. 优化海洋经济空间布局

坚持以陆引海、以海促陆、陆海联动，统筹海洋资源的自然属性和经济社会属性，构建"一核、三带、六区、多点"的空间布局结构（图10-4）。

（1）提升"一核"。即以宁波—舟山港及其依托的城市为核心区，在持续增强国际集装箱运输能力的同时，大力发展"三位一体"港航物流服务体系，规划建设大宗商品交易平台，优化完善集疏运网络，加强金融和信息系统支撑，巩固和提升我市作为全国性物流节点城市和上海国际航运中心主要组成部分的地位。

图10-4 宁波海洋经济空间布局

（2）形成"三带"。即杭州湾、象山港和三门湾及其附近区域，是宁波新型工业化和新型城市化融合发展的重点区域。在科学开发、注重环保的基础上，统筹规划建设沿海城市、卫星城市、中心镇、开发区，强化基础配套设施建设，科学开发深水岸线资源，加强海洋环境保护。

（3）打造"六区"。即在推进现有开发区开发建设基础上，重点规划建设杭州湾区域、镇海北仑区域、梅山春晓区域、象山港区域、大目涂区域和三门湾（宁海）区域，完善基础设施体系，发展现代海洋产业，提升发展质量效益，力争成为宁波海洋经济发展的战略支撑区域。

（4）发展"多点"。即在整合提升现有各类园区和产业新基地的基础上，大力推进海岛综合开发、海洋临港产业和高新技术产业的发展，推进海洋风景名胜区的开发建设，切实增强沿海县（市）区海洋经济综合实力和区域竞争力。

5. "十二五"物流发展重点项目

（1）智慧物流产业基地

以宁波高新区和杭州湾新区两大智慧物流产业创新基地为核心，分别打造宁波智慧物流产业技术创新基地和装备创新基地。①智慧物流技术创新基地，依托宁波国家高新区软件产业基地，重点引进和集聚一批具备较大规模和较强创新能力的企业，吸引世界

IT百强及国内大型软件公司在产业基地落户或设立研发中心，提高宁波智慧物流技术自主创新能力和智慧物流企业孵化能力。同时注重发挥浙江大学宁波软件学院、宁波软件园、鄞州科创中心、和丰创意广场、创e慧谷等平台载体作用，以"政产学研用"为推进机制，加快发展和壮大宁波智慧物流产业链。②智慧物流装备创新基地，结合宁波先进制造业的基础，依托杭州湾新区等重点功能区域，重点培育发展新一代宽带移动通信装备、视频识别等信息传感装备、智能交通装备等智慧物流装备，提升和发展一批以智能物流装备设计和生产为主的先进制造企业。主动与中科院、浙江大学等合作建设智慧装备和产品研发设计基地，着力引进一批国内外相关领域有实力的大企业，争取在网络应用装备设计上有大的突破。

（2）梅山保税港物流园区

建设集商务综合配套、金融服务、仓储物流、国际转口贸易、国际采购分销及配送、国际中转、物流加工制造、口岸服务八个功能区为一体的保税物流园区，完善物流园区的运输、仓储、装卸、搬运、理货、配送、货运代理等物流基本服务功能，重点发展国际中转、国际配送、国际采购、国际转口贸易、出口加工等核心功能，完善金融服务、专业服务、商务服务、管理服务等配套功能。逐步建成制造装备保税物流为特色的国际贸易物流综合体。

（3）北仑物流园区

重点建设邬隘集装箱综合物流园区、经济技术开发区现代国际物流园区和穿山港区四、五期后方穿山综合场站。完善邬隘集装箱综合物流园区的物流功能，为北仑港区集装箱提供运输、中转、转运、拆拼箱、报关、报检、堆存、查验、提还箱、修洗箱等综合性服务；完善经济技术开发区现代国际物流园区的物流功能，主要为高端、高附加值货物物流提供集仓储、分拨配送、商品展示、生产服务等一体化综合功能；推进穿山综合场站建设，与铁路港前办理站统一规划建设，为穿山港区四、五期集装箱码头提供公路集疏运和集装箱综合服务。

（4）镇海大宗货物海铁联运物流枢纽港

以中转贸易为核心，以存储、配载和运输方式转换为基本功能，以营销、交易、结算为增强功能，建设液体化工、再生金属两大中转物流中心，粮食、钢材两大加工配送物流中心，煤炭、木材、盐业三大区域性配送物流中心，有色金属国际采购和配送物流中心，建成面向浙江及华东、辐射全国的大宗货物海铁联运物流枢纽港。

（5）宁波空港物流园区

建设集航空货代、货运、仓储、加工、包装、分拨、转运、配送、报关、保税、信息等功能为一体的空港物流园区。为鄞奉产业集聚区及周边地区的工业企业提供服装、电子信息、电子、新材料等产品、半成品及原材料的运输组织、仓储、装卸等物流服务；为国际大型航空物流巨头落户宁波提供物流运作配套基地。

（6）海铁联运

加快建设宁波铁路集装箱场站建设，力争实现"一个中心站、多个办理站"目标，形成150万标箱/年中转能力。开展海铁联运综合发展实验区，建立宁波海铁联运信息平台。加快培育海铁联运市场，开通集装箱班列，近期以温州、上饶、鹰潭、宣城等城市

为重点，中远期拓展至长沙、合肥、重庆、成都等城市。

纵深导读

依托广阔海域的丰富资源 打造"海上宁波"

经过 5~10 年的努力，宁波海洋经济总量能与陆域经济相当，而这意味着再造一个"海上宁波"。届时，宁波将形成具有鲜明特色的"港口宁波"、"海岛宁波"、"海湾宁波"、"海滩宁波"、"海床宁波"、"海水宁波"和"海空宁波"。而这些产业的兴起，还将为更多沿海地区带来航运服务、港口物流、金融保险、海洋信息、商贸服务等现代服务业的兴盛……

图景一：港口宁波

"宁波发展海洋经济的一张王牌是什么？港口！"宁波市海洋经济领导小组办公室副主任、市发改委副巡视员陈飞龙称，港口是宁波向蓝色经济迈进的跳板，是发展海洋经济的龙头。

宁波岸线总长 1562 千米，占浙江省海岸线三分之一，其中，深水岸线有 170 千米，是我省 30 万吨级船舶可自由进出的良港之一。

有深水岸线，必有国际良港。改革开放后，原本在国内港口寂寂无名的宁波港，迎来黄金发展期。而到 2010 年，宁波—舟山港货物吞吐量位居中国沿海港口第一，集装箱吞吐量位居沿海港口第三。

然而，"大则大矣，强尚不足。"与国际强港相比，宁波港真正的差距在于配套服务业发展水平以及增值服务提供能力。否则，货物吞吐量再大，也不过是"酒肉穿肠过"，"只有向贸易物流港转变，才能形成'商贾云集地'"。

基于此，在宁波新近提出的"六个加快"战略中，第一个加快就是"打造国际强港"。

浙江省委常委、宁波市委书记王辉忠称，打造"国际强港"就是要实现从"交通运输港"向"贸易物流港"、"世界大港"向"国际强港"、"海洋经济大市"向"海洋经济强市"的战略转变。

怎样加快"打造国际强港"？

宁波港集团有限公司总裁李令红的解读是：国际强港的"强"主要体现在"集货能力强、接卸能力强、物流功能强、赢利能力强、企业竞争力强"。

而根据宁波"十二五"规划，今后 5 年，宁波将继续优化港口资源开发，重点推进梅山、大榭、穿山三个港区专业码头建设，规划开发象山港、三门湾等岸线，力争新增 5000 万吨的港口货物吞吐能力和 600 万标箱的集装箱吞吐能力。

图景二：海岛宁波

宁波有 500 平方米以上海岛 516 个，约占浙江省的五分之一，岛屿面积 524.1 平方千米，岛屿岸线长 758.68 千米。其中，大榭、梅山、南田、高塘等岛屿深水岸线长，而众多的海岛周围海域渔业资源、旅游资源、能源资源等十分丰富。

"基于这种资源禀赋，除了大榭、梅山等已经规划在建的海岛外，其余海岛应因地制宜，或建设临港工业海岛、能源中转海岛、国际自由贸易海岛，或依托风能、潮汐能、太阳能优势建设一批新兴能源海岛，或依托渔业资源建设一批旅游休闲度假海岛，成为

珍珠串状的海岛特色经济链。"阎勤说。

"新加坡裕廊岛的成功经验对宁波极具借鉴意义。"实地考察过新加坡裕廊岛的宁波市人民政府副秘书长陈国强感触颇多。

据介绍，填海而成的裕廊岛，总面积达32平方千米，与宁波大榭岛差不多大，但其产值占新加坡制造业总产值的三分之一，位列全球三大石油炼制中心之一。这个岛绿地葱郁、天蓝水清、鸟语花香，几乎感觉不到"化工"的影子。

图景三：海滩宁波

宁波滩涂资源也相当丰富，滩涂总面积居浙江省之首，主要分布在杭州湾南岸、象山港内、大目洋沿岸和三门湾北岸，目前可供利用滩涂资源潜力约60万亩。尤其是象山松兰山沙滩、石浦皇城沙滩、横山岛沙滩等，极具旅游开发价值。

"依托优势的沙滩资源，宜发展一批海滩旅游景区、海滩娱乐区、海洋博物馆、海洋影视城、海洋会务等现代服务业；依托优势的滩涂资源，可以建设一批现代养殖场、休闲体验农业园区、湿地公园、现代工业园区、现代滨海新城区等，促成'沙滩旅游、沙滩商务、海滩海鲜、海滩工业'等海滩经济带。"农贵新建议。

事实上，新加坡、日本、阿联酋、马耳他等国家，都以海洋、滩涂、岛屿等资源弥补了"弹丸之地"的缺陷，创造了发展的奇迹。

在《宁波市海洋旅游发展规划》中，今后我市将重点构建松兰山滨海度假基地、石浦渔文化休闲旅游基地、杭州湾滨海运动休闲基地、宁海湾游艇度假基地、奉化阳光海湾休闲度假基地、大塘港休闲旅游基地、洋沙山滨海旅游基地的七大滨海旅游基地。

图景四：海湾宁波

围绕港湾或湖泊布局城区、聚集人口，是世界众多沿海城市发展的基本规律。

"未来宁波城市扩张，将围绕象山港湾和东钱湖来布局城区建设和都市产业发展。"农贵新建议。

象山港湾水域宽广，渔业和旅游资源丰富，可以依托海湾的水、风等特点，建设高端游艇、水上运动基地；依托海洋旅游资源，建设从北仑梅山至象山涂茨的生态休闲、滨海度假"国家海岸公园"；依托丰富的渔类资源，发展现代特色海洋渔业和"渔家乐"等，促成"翡翠港湾、游艇娱乐、海岸公园、美味海鲜"的特色海湾都市经济区。

而针对象山港湾生态环境目前存在的潜在威胁，农贵新、阎勤等专家提醒，要适时调整临海工业园区规划，提高环保准入门槛，实施全天候环保在线监测和监控，逐渐淘汰高耗能、高排放、高污染产业，建设环保型工业园区。

图景五：海床宁波

宁波海域内的海床矿产资源丰富，附近海域中埋藏着大量的锰、钴、镍等矿产资源以及天然气。如北仑港区蕴藏丰富的可开采海砂，盐分低，经淡化后，可作为建筑用砂。

"可依托这些资源，发挥离岸路程近、海陆交通发达、港口得天独厚、基础工业较强等优势，发展天然气和原油开采与加工产业，发展锰、钴等矿产挖掘和提取产业，促成'海底天然气、海床矿藏开采加工'的特色产业基地，改变宁波'矿产资源缺乏、能

源依赖外运'历史。"农贵新设想。

图景六：海水宁波

海水中钠、镁等矿物和海洋生物资源，将成为"取宝"之源。

据调查，宁波沿海已记录的物种有1255种。目前，宁波在突破海洋生物技术及产业化等方面已取得系列成果，如利用鱼肝油生产鱼油降脂丸、角鲨希等产品，利用牡蛎壳研制成乳酸钙、柠檬酸钙等产品。

而发展海洋生物制药业，发展现代海洋海水增养殖业等，将促成"矿物提取、生物制药、海洋保健、海水养殖"的特色产业基地。

而在宁波"十二五"规划中，海水淡化设备、潮汐能设备、海洋环保设备等都将成为积极培育的新兴产业内容。

宁波还把目光投向了清洁能源产业链，潮汐能、波浪能、洋流能、温差能、盐梯度能……即将成为点亮万家灯火的电能。

图景七：海空宁波

"我国对低空空域已经逐步放开，最大限度盘活低空空域资源，这为宁波发展海空的通用航空事业提供了重大机遇。"农贵新独辟蹊径提出了"海空宁波"概念。

宁波拥有海域面积9758平方千米，海域空中资源丰富。"宁波应利用海域、海湾空中优势，重点发展民用或军民结合型的直升机、水上飞机、滑翔机、地面效应飞行器、飞艇、气球等产业，建立航空器制造和维修基地，建立各类飞行器驾驶培训基地，建立各类飞行器俱乐等。"农贵新建议。

而这，将使宁波成为国内重要的"海航制造、海航服务、海空飞行、海空训练"的特色产业基地。

新视野下，开启"蓝色引擎"。

蓝色梦想，如约而至。

这一次，宁波承载了前所未有的期待——海洋经济已成为宁波能否率先转变发展方式，继续走在前列的关键；这一次，宁波肩负着迈向"深蓝"的国家使命，而这同时意味着，宁波将向海洋这个"聚宝盆"要资源、要财富、要发展，孕育出未来经济的新增长极、区域竞争的新制高点。

《浙江海洋经济发展示范区规划》，无疑为宁波发展开启了"蓝色引擎"。

"海洋资源优势为宁波建设海洋强市创造了'先天之利'，发展海洋经济，体现在拓展一个全方位、多产业、立体化的空间和领域。"陈飞龙称。

而新的视野之下，也给宁波发展赋予了更多的发展空间。

——海洋经济已超越渔业等传统产业，海洋新兴产业被纳入战略性新兴产业；港口也不再仅仅是港口，还意味着连通全球的大市场、蕴藏丰富的大矿山、连片开发的大工业、四通八达的大交通，宁波将与上海国际航运中心一起，打造亚太地区重要的国际门户。

——旅游、生物医药、新能源等在冠以"海洋"之后，也将发生变化；船舶修造、水产品精深加工等传统产业，在迈向新型临港产业之后将产生巨大效益；海洋工程装备、海洋生物、海洋能、深海矿产勘测开采、海水综合利用、海洋旅游等新兴产业，未来发展潜力巨大。

而这些产业的兴起，还将为更多沿海地区带来航运服务、港口物流、金融保险、海洋信息、商贸服务等现代服务业的兴盛……

宁波的蓝海框架如下："一核、三带、十区、十岛、多点"。

据宁波市海洋经济领导小组办公室副主任、市发改委副巡视员陈飞龙透露，按照浙江省海洋经济发展总体格局，宁波形成了"十二五"海洋经济的发展思路："以转变海洋经济发展方式为主线，以港航服务业、临港大工业、海岛资源开发和清洁能源建设为重点"，为此，宁波构建了发展海洋经济的框架："一核、三带、十区、十岛、多点"。

一核：以宁波－舟山港宁波港区及其依托的腹地为核心区，重点发展"三位一体"的港航物流服务体系，规划建设大宗商品交易市场平台，优化完善集疏运现代物流网络，加强金融和信息系统支撑，优化港口岸线资源开发，力争发展成为国家物流节点城市和上海国际航运中心的主要组成部分。

三带：即杭州湾、象山港和三门湾及其附近区域，是宁波新型产业化和新型城镇化融合发展的重点区域，要在科学布局、合理开发、注重环保的基础上，统筹规划建设沿海中心城市、卫星城市、中心镇、开发区和基础设施网络，科学开发深水岸线资源，加强海洋环境保护，建设成为宁波海洋经济的主体区域。

十区：即在整合提升沿海园区和海岛开发区的基础上，重点建设宁波杭州湾产业集聚区、余姚滨海产业集聚区、慈东产业集聚区、宁波石化产业集聚区、北仑临港产业集聚区、梅山物流产业集聚区、象山港海洋产业集聚区、大目湾海洋产业集聚区、环石浦港产业集聚区和宁海三门湾产业集聚区。

十岛：重点开发梅山岛、大榭岛、南田岛、高塘岛、檀头山岛、花岙岛、对面山岛、东门岛、悬山岛、田湾岛重要海岛，着力打造全省乃至全国重要的综合利用岛、港口物流岛、临港工业岛、海洋旅游岛、清洁能源岛等，努力成为我国海洋开发开放的先导地区。

多点：即在发挥陆海资源优势、整合提升的基础上，在宁波沿海地区规划建设一批海岛开发区、涉海工业园区、海洋高科技园区、出口加工区、海洋风景名胜区以及生态农业集聚区域，切实增强沿海县（市）区海洋经济综合竞争力。

"海上宁波"，梦想照进现实。

……

五年后，宁波建成以液体化工、铁矿石、煤炭、钢材等为重点的大宗商品交易平台。

五年后，宁波建成为我国重要的海洋文化和休闲旅游目的地。美丽的海滩上，人们畅想欢笑；繁华的渔港边，千帆点点；"海上牧场"新鲜的东海美味，速递到城市百姓的餐桌。

五年后，站在连接宁波与舟山的金塘跨海大桥上极目远眺，在北仑港区后方，石化、钢铁、汽车、造纸、造船和能源等沿海临港产业带绵延20多千米。

五年后，一座人居环境宜人、生态保护良好、贸易繁荣的现代化国际港口城市屹立太平洋西岸。

宁波，如同一把张开弓的箭头，射向太平洋深处。

（资料来源：本文引用宁波晚报记者陈旭钦文章）

采撷芳华

寻思漫步

（1）什么是物流产业？

（2）物流产业可提供什么样的服务？

（3）为什么要发展物流产业？

物流产业由多行业组成，是一个基础性（主要指物流产业的战略性和公共性）、服务性和综合性产业，具体有交通运输业、仓储业、货运代理业、邮政快递业、物流信息业、物流包装业及流通加工业等。

指点迷津

现代物流产业是物流资源产业化而形成的一种复合型或聚合型产业。它将运输、仓储、装卸、加工、整理、配送、信息等方面有机结合，形成完整的供应链，为用户提供多功能、一体化的综合性服务。现代物流业是一个新型的跨行业、跨部门、跨区域、渗透性强的复合型产业。

物流产业包括专业从事运输、仓储、装卸、搬运、包装、流通加工、配送、信息处理、供应链管理、物流中介服务等单项或多项物流服务的企业。

宁波发展物流产业的意义

1. 发展现代物流业是推动宁波城市经济持续增长的重要动力和新的支柱产业

宁波市物流业市场规模持续扩大，物流业已经成为促进宁波经济发展的一个重要行业和支柱产业。2009年全市物流总额达到11 800亿元，比2006年增长39%。物流业增加值达到414亿元，物流业增加值占地区生产总值比重达9%～11%，占服务业比重达到23%～27%；社会物流费用占地区生产总值比重总体呈下降的态势，从2006年占地区生产总值比重为19.3%下降到2009年的17.5%。

现代物流业的发展，已经成为许多城市或地区的重要支柱产业。新加坡物流业一直是其发展的支柱产业，2003年物流业占其GDP的35%以上。休斯敦是美国第二大港口城市，2004年其货物吞吐量和宁波港大体相当，2003年其物流业为休斯敦市提供了28.7万个就业机会、70亿美元的工资和薪水，将近110亿美元的业务收入以及6.5亿美元的税收。荷兰鹿特丹物流业增加值占全市GDP的95%，整体经济几乎来源于此。从国内看，"十五"时期上海市就已经把现代物流业作为重点发展的新兴产业，深圳、天津、大连、青岛也都制定了发展物流业的规划，其目标都是到2010年左右，使物流业成为支柱产业。

2. 发展现代物流业是宁波接轨上海国际航运中心、完善城市功能的重要环节

上海国际航运中心是以上海为中心，浙江、江苏为两翼，以上海、宁波、南京、镇江、张家港、南通等多个港口为主的港口集群，其发展目标是建设成为世界级的国际航运中心。宁波港是上海国际航运中心的主要成员，是我国沿海重要的主枢纽港，必须大力发展与物流业发展密切相关的服务配套产业，使之形成完整的物流产业链、服务链，加快港口国际化进程，而目前宁波物流产业发展水平不高，第三方物流发育迟缓，这在很大程度上影响了宁波港口的发展和城市服务功能的发挥。

3. 发展现代物流业能大大降低物流成本，带动宁波整个经济效率的提高

物流业的发展能够大大降低物流成本，提高经济运行质量。资料显示，我国目前工业企业生产中，直接劳动成本占总成本的比重不到10%，而物流成本占商品总成本的比重约为40%，全社会物流费用支出约占GDP的20%，在商品整个生产销售过程中，用于加工制造的时间仅为10%左右，而用于物流过程的时间几乎为90%。2010年宁波GDP为4500亿元，按照上述比例，全社会物流费用支出高达900亿元，而美国全社会物流费用支出不足GDP的10%，如果宁波市能达到同一水平，全市可节约一半的物流费用，足以改造全市的交通运输网络。物流费用每降低1个百分点，就可以节约9亿元费用，就可以支持一所地方高校的物流人才培养建设。

想一想

物流产业与物流企业是什么关系？

做一做

请根据本篇的内容制作一个介绍宁波物流产业发展情况的PPT，并进行展示。

回眸一瞥

快照浏览

物流产业的内容	宁波物流产业发展的现状	宁波物流产业"一核、三带、六区、多点"规划

清点收获

小组		成员姓名				
评价内容	项　目	分值	自评30%	组评40%	师评30%	合计100%
	参与讨论的积极性	20				
	语言表达能力	20				
	发言及辩论的深度和广度	20				
	沟通能力	20				
	专业知识点掌握情况	20				
合　计		100				

晨思暮问

（1）你能就宁波物流产业话题做主题发言吗？

（2）对宁波物流产业发展的前景你能从中得到什么信息？

第十一篇 展望未来 以人为本
——物流人才

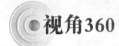视角360

一、宁波物流人才需求状况

相关单位的调查显示，宁波市当前的物流业人才缺口达到上万人。随着物流业在宁波的不断发展，企业物流和物流企业对物流人才的需求缺口将越来越大。

近几年来我市物流业发展迅速，目前全市有各类物流企业超过3000家，其中上规模的物流企业有1000多家。物流业总产值达到万亿元，其产值总量已超过宁波工业总产值的规模。宁波作为发展中的城市，物流的快速发展与物流专业人才的严重短缺形成鲜明反差。相关专家在对我市物流行业从业人员进行调查后发现，我市物流业的从业人员中，企业的员工物流专业毕业的人员还不到1%，这一现象随着物流业在宁波的发展为物流专业毕业生提供良好的发展空间。"作为东方大港的宁波，物流业的发展与城市的发展休戚相关。宁波物流人才的紧缺，与宁波的地位极不相称。加快宁波物流人才的培养已是当务之急。"

宁波拥有国际一流的深水良港，又处于国内现代物流发展迅猛的长三角南翼，近年来依托雄厚的仓储和运输基础，宁波的传统物流正在加速向现代物流转变，物流业得到了长足的发展。但是，宁波的物流教育则相对滞后，使物流人才在结构上的矛盾更加突出。宁波的经济发展状况和特点给宁波物流人才的培养提出了更高的要求，复合型人才。既能掌握物流专业知识又拥有外语、金融、法律等其他专业知识的复合型人才更为短缺。这种状况已经制约了宁波现代物流的发展。因此，需要探索出一条能为宁波现代物流业培养复合型人才的道路，真正为宁波地方经济的发展做出贡献。

二、宁波物流领域人才专业素质的基本现状

根据宁波的一项调查显示：有37.16%的人员将人才紧缺作为宁波现代物流发展的最大障碍，人才紧缺因素在宁波服务行业四类企业发展最大障碍调查中的排名第三。目前宁波物流复合型人才供求严重失衡，主要表现在以下几方面。

1. 物流复合型人才需求量大

根据统计数据显示，我国有物流相关企业200万家，人才缺口达600万。宁波共有物流企业近4000家，而且还有许多民营企业看到物流业丰厚的利润和良好的发展前景，纷纷出手，大举进军物流业，如杉杉集团、奥克斯集团等都在为启动明州物流园区做准备。这使原来就紧缺的物流人才更加紧张，物流人才的需求量越来越大。

2. 中高级物流复合型人才严重紧缺

中高级物流复合型人才是指懂物流技术、懂物流经济、熟悉物流管理技术并掌握企业供应链流程、懂英语会电脑、精通国际贸易知识、财务成本管理知识、法律知识的素质型人才。我国物流业人才需求已经从数量型转变为素质型，到2010年，我国中高级物流管理人才缺口达40万人。据统计，2008年宁波高级物流复合型人才的缺口高达3000～4000人。随着物流业的快速发展，这种人才紧缺的状况还会趋于严重。

3. 宁波现代物流的从业人员职称分布不均衡

目前，从业人员中有硕士及以上学位的占3.20%，本科学历的人员占25.80%，大专学历的人员占40.30%，中专及以下学历的人员占30.70%。从从业人员的职称情况看，中高级职称人员仅占14.5%，其中中级9.7%，高级4.8%。另据宁波市货代协会统计，目前正式注册有物流上岗证的从业人员不足一千人。此外，大约有50%的从业人员是从传统的物资储运企业转型而来的，缺乏现代物流的职业知识和工作经验。

4. 物流领域对复合型人才的要求

宁波现有的物流人才存在以下基本问题：总量规模小，平均学历与支撑水平低，知识和技能结构体现浓重的传统物流特色，难以适应宁波现代物流业的发展。与此同时，随着物流人才数量的增加，企业对物流人才的需求则从数量型向素质型转变，不单纯追求人才的数量，更注重那种政治思想好、实践能力强、能够很快为企业带来直接或间接经济效益、在其专业技术应用领域有较强创新能力、有事业心、责任心、适应力强的物流复合型人才。

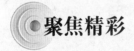

聚焦精彩

宁波物流人才培养模式的创新之举

1. 以高校为依托，建立宁波市港口物流应用型人才培养基地

宁波市港口物流应用型人才培养基地是宁波市十大应用型人才培养基地之一，宁波工程学院为该基地的主持单位，整合宁波各高校如宁波大学、浙江大学宁波理工学院、

图11-1　宁波市港口物流人才培养基地网站

浙江万里学院、宁波职业技术学院等教育资源，建设适应宁波经济社会发展物流管理、交通运输和航海技术等学科专业，培养港口物流应用型专业人才，提升教育服务于地方经济的能力（图11-1）。

宁波为国际区域港口物流中心，大陆沿海重要港口城市，上海国际航运中心的重要组成部分，与之相适应的人才培养是关键。目前港口物流人才是制约宁波港口物流发展与竞争的主要因素。到2010年，宁波港货物总吞吐量达3亿吨以上，集装箱运输达1000万TEU，将成为世界第三大港和中国集装箱第三运输港。未来5年，宁波需要相关岗位人员达25万人，与之相应的港口物流人才，如交通运输、仓储等行业，大专学历以上需求量至少在2万人以上。通过对港口及相关行业调查研究，宁波最紧缺的物流人才是：集商贸、金融、运输、系统工程、信息技术与手段等多种知识和技能于一体，且具备对企业内外资源进行整合、对经营全过程进行管理的能力和丰富经验的高级人才；懂得国际贸易、国际运输和国际采购等国际物流领域的从事第三方物流操作的专门人才。港口物流人才基地的建设是解决这一问题的重要举措。

港口物流应用型人才基地重在培养懂得国际贸易、交通运输、国际物流、电子信息技术、港口建设等现代物流领域的知识，从事第三方物流实际操作的专门人才；及培养集商贸、金融、运输、系统工程、信息技术与手段等多种知识和技能于一体，且具备对企业内外资源进行整合、对经营全过程进行管理的能力和丰富经验的高级人才。

（1）具体专业建设目标

① 物流管理专业。本专业是基地建设的基础和重点，包含多个专业方向。专科专业方向为：仓储管理、港口物流管理、企业物流管理等，主要培养港口物流生产第一线的专科应用型层次人才；本科专业方向为：港口管理、国际航运管理、仓储与配送管理等，主要培养港口物流管理本科及以上层次的应用型人才。

② 交通运输专业。专业方向：交通运输管理、港口生产管理。本专业包含专科、本科及以上层次，培养水路、陆路和航空运输规划与管理、多式联运方式组织、港口生产计划调度及载运工具应用方面的高级应用型人才。

③ 航海类专业。专业方向：船舶驾驶、航运管理。本专业包含本科及以上层次，主要培养海上运输船舶驾驶、管理，航运事故处理，船舶货物运输组织等方面的高级应

用型人才。

（2）基地建设的分工体系

以宁波工程学院牵头，整合宁波大学、宁波职业技术学院、浙大宁波理工学院、浙江万里学院等高校物流管理及相关专业学科，联合宁波港口集团、宁波市交通局、宁波保税区、浙江物产集团、万达物流公司、宁波海关、检验检疫局等相关单位，构建人才培养和科研及科研开发的基地。基地成员单位以现有基础进行合理分工，发挥各自资源和优势，形成专业学科建设的特色。

宁波工程学院，以培养应用型本科层次人才为主，在现有基础条件上，着力建设和发展物流管理（港口物流）、交通运输两个核心专业，重点建设交通运输规划与管理、物流管理学科，形成专业、学科的优势。同时，积极创造条件，按照"统一目标、合理分工、培育特色"的原则，支持其他院校发展相关专业和学科方向。

宁波大学以培养创新型高级人才为主，发挥航海技术、航运管理专业优势。同时，要发挥宁波大学学科面广、学科基础好的优势，加强横向合作，强化基地的学科研究和社会服务的能力，提高科学研究和社会服务水平。

宁波职业技术学院及其他院校，以培养技能型、操作型人才为主，利用位于北仑的区位优势，重点发展临港仓储管理和保税物流一线操作人才，并形成规模优势（图11-2）。浙大宁波理工学院和浙江万里学院发挥学科研究的基础，在港口物流基地学科建设中形成特色和成果。宁波港集团公司作为宁波港口物流产业的龙头，也是基地服务的主要对象之一，发挥产学研基地建设、兼职教师队伍建设和科研项目合作等方面的引领作用，积极带动其他相关的企业支持基地的建设。合作企业多方式、多途径参与基地人才培养和项目科研。例如，专业核

图11-2　宁波职业技术学院物流实训中心

心课程建设与企业应用和发展结合，共同开发。学科研究以解决企业实际问题为基础，紧密产学研结合。基地以人才和科研成果为支持吸引企业投入，企业的投入促进基地进一步发展。

（3）基地建设目标和任务

在基地建设中开展校企合作、校校合作、国际合作等多种形式的合作，开展灵活多样的应用技术型人才培养模式改革和创新。例如，成立校企合作委员会，校际之间、校企之间互聘优秀教师或优秀工程技术人员相互兼职，联合培养应用型人才，合作承担培训项目、科研项目，与国内外高校合作培养国际复合型物流人才等方式。

（4）基地建设的成果

一是多层次的港口物流人才培养"超市"。港口物流人才培养基地要建成宁波港口及现代物流应用人才的摇篮。

二是重点专业和优势学科。形成一支结构合理、高素质的师资队伍，培养一支具有较强科研能力的研究团队；引领港口物流专业及学科发展，赶超国内先进水平。

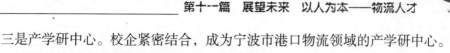

三是产学研中心。校企紧密结合，成为宁波市港口物流领域的产学研中心。

四是服务的平台。为社会提供广泛的服务平台。

（5）基地建设的主要特色

一是实用新型的人才培养模式。基地高校各专业按宁波港口物流产业链实用型人才需求为市场培养目标，创新人才培养模式。主要模式有知行合一、双核协同培养模式，项目化课程模式，"订单式"培养模式等。

知行合一、双核协同培养模式。知行合一，就是理论与实践相结合，运用所学知识解决现实问题，在实践中不断学习，不断提高，不断创造；双核协同，是指人才的核心知识与核心能力协同发展，培养高素质的应用型人才。

项目化课程模式。该模式打破了学科化的知识体系，学生的学习过程是以行动为主的自我建构过程，以完成工作化的学习任务为基础，在有目标的行动化学习中积累实践知识、获取理论知识。项目化课程模式真正做到了理论融于实践，动脑融于动手，做人融于做事，在"所学"与"所用"之间建立了一个近乎"零距离"的通道。

"订单式"培养模式。"订单式"培养就是学校与企业进行合作，企业作为市场主体，提供人才培养的具体目标，并参与到教学的全过程，学校和企业共同制定培养方案，结合岗位需求组织教学，学生毕业后到企业直接上岗工作。

二是校企共同参与、循环发展的专业学科建设。企业参与投资进行基地的专业和学科建设，培养适应企业岗位的人才，减少企业再培训或岗前培训的成本。学校、企业共同研究合作，解决企业实际问题。专业学科紧跟企业发展动态，企业发展反哺学校专业学科建设。

三是创新的应用型人才评价机制。让企业、事业单位中的技术专家、管理人才参与到应用型人才的培养中来，让这些人才与高校老师一起参与学生课程考试、考核，并在毕业论文指导和答辩工作中按一定比例进行毕业生论文指导和答辩任务。毕业生的质量以用人企业为主要权重来评价。

2. 宁波市中等职业学校物流操作型人才培养贡献突出

目前宁波市中等职业学校（以下简称中职学校）开设物流专业的主要有：宁波经贸学校、宁波北仑职业高级中学（图11-3）、宁波鄞州职业高级中学、慈溪周巷职业高级中学、象山技工学校、余姚第五职业高级中学等六所学校，专业方向有仓储配送、国际货代、港口物流等。在校生人数近5000人，每年毕业生人数1500人左右。毕业生主要从事仓储管理员、信息员、业务员、配送员、货代单证员、报关报检员等。

宁波市中职学校物流专业建设起步较晚，发展不平衡。通过近几年的专业发展，各校在实训室建设、师资引进与培

图11-3 宁波北仑职业高级中学校企合作

养、教学模式创新、课程改革等方面有了很大进步。这为高质量培养物流人才打下了坚实的基础。

宁波市在提高中职学校物流专业教学质量上做了很多有益的探索。

（1）成立中等职业教育物流专业教学研究会，指导学校物流专业建设及日常教学

中等职业教育物流专业教学研究会（以下简称研究会）主要由各校物流骨干教师组成，由宁波市教育局职成教教研室主管。研究会主要职责是：负责开展物流教学常规教研活动，研讨专业建设、教学方法、教学改革等事宜；负责教师专业素质提升培训；负责学生技能考核与技能鉴定；负责组织师生技能比赛和教师业务评比等工作；负责教学资源库建设、负责地区教学交流等相关工作。

研究会在学校物流专业教学评估中起到很大的作用。通过课堂调研和教师访谈等形式收集第一手资料，形成具有诊断意义的调研报告供学校参考，为学校改进物流专业教学提供依据。

（2）探索校企合作培养的新路子。

学校引进行业协会入驻学校，指导学校指导物流专业建设和人才培养规格。如北仑职高与宁波市交通协会国际集装箱堆场仓储分会合作作成了培训中心，为物流企业进行技术服务、员工培训、职业技能鉴定等（图11-4）。

另，学校聘请企业、行业专家作为学校物流专业兼职教师，指导学生实习实训，为缩短学生与企业的距离创造了条件（图11-5）。

图11-4　宁波市中职物流专业校企课程改革研讨会　　　图11-5　宁波市物流管理人才高级研修班开班

同时，学校积极寻求与企业联合办学，共同培养物流专业学生。以企业冠名、订单培养、企业专家指导、企业委派业务骨干担任副班主任、教师到企业挂职等多种形式进行密切合作，大大提高了物流专业人才培养的实用性、针对性。

此外，学校物流专业积极开展社会培训，为企业、社会人员提供专业培训。各校每年组织的短训达到5000多人次。

（3）积极探索课程改革新思路。

宁波市在"以就业为导向，以能力为本位，面向岗位培养技能型人才"的职业教育培养目标的指导下，积极探索中职物流专业课程改革新思路。按照项目课程开发思路，对物流专业课程改革进行周密而又系统的设计，一方面确定本专业的教学改革思路和培养目标从而指导该专业建设；另一方面以现实需求为依据规定专业课程的性质、目标、

设计思路、内容框架等直接指导物流专业的课程建设。

3. 宁波市政府启动物流人才培养百千万计划

随着我市物流业的迅猛发展，物流人才的短缺问题日益凸现。宁波市政府围绕建设全国物流节点城市的要求，提出物流人才培养百千万计划。即培养一百名优秀的物流企业管理人才、一千名优秀的物流专业技术人才和一万名物流一线操作人才。并制定出了详细的任务实施方案。

寻思漫步

（1）什么是物流复合型人才？
（2）物流行业需要怎样的人才？

指点迷津

物流复合人才

复合型人才指具有多个专业（或学科）的基本知识和基本能力的人才。它包括社会科学与自然科学多种专业的复合以及智力因素和非智力因素的复合。现代物流是一个具有知识密集、技术密集、资本密集和劳动密集特点的外向型和增值型的服务行业，综合性强、操作性强，涉及的领域十分广阔，在实际运作过程中，商流、信息流、资金流贯穿于各个环节之中，因此其运作需要跨行业、跨部门、跨地域一体化进行，同时企业面对降低成本的压力而加大了对岗位多面手的需求。这就要求物流业的人才具有较为广博的知识面和较高的综合素质，能将物品的信息、规划、生产、库存、包装、运输等整个流动过程综合起来进行集成式管理。综上所述，所谓物流复合型人才是指具有商科背景、懂得物流管理并具有扎实的英语听、说、读、写能力的人才。

一、物流复合型人才的基本特征和知识结构

我国加入WTO后，必须遵守国际通行的市场规则，按国际惯例进行运作，这就要求物流企业的员工熟悉现代物流理念和现代物流管理。同时，随着中国逐步成为世界制造中心，全球采购与销售网络的形成将带动庞大的国际物流系统，这就要求企业必须储备一大批精通进出口贸易、海关业务、采购系统、供应链管理、国际法的物流人才，通过他们实现中国商品与国际市场的全面接轨。目前，物流业已成为经济的新的增长点。现代物流复合型人才也已被列为急需引进的12类紧缺人才之一。这种人才要求学科基础宽厚，知识面广，既要懂得物流技术，又要懂得物流经济，不仅要熟悉物流管理技术，

成为储存保管、运输装卸的专家，更应掌握企业供应链流程，熟悉物流信息技术系统，掌握电子商务技术，对于国际贸易和通关、仓储运输专业、财务成本管理、外语、安全管理、法律等知识能融会贯通，并使之成为新的思维方法和综合能力的萌发点。学科知识能否融合并综合地发挥作用，是复合型人才的重要标志。为了满足企业对现代物流人才的需要，一个合格的物流复合型人才应该具备9个方面的基础知识。

1. 物流信息知识

现代物流需要依靠信息技术来保证物流体系正常运作。物流系统的信息功能包括与物流活动各项功能有关的数据信息储存、业务处理信息、计划、预测等情报及有关的费用情报、生产情报、市场情报活动（图11-6）。物流系统的信息服务功能必须建立在计算机网络技术和国际通用的EDI信息技术基础之上，才能高效地实现物流活动一系列环节的准确对接，真正创造"场所效用"及"时间效用"。物流人才掌握信息服务功能可以缩短从接受订货到发货的时间，使库存适量化，从而提高搬运作业效率和运输效率，同时还可以使接受订货和发出订货更为省力，提高订单处理的精度，防止发货、配送出现差错，及时调整需求和供给并提

图11-6 信息员在操作物流软件

供信息咨询。《宁波市支持发展现代物流业实施办法》出台，市政府统筹安排3000万元资金，重点支持以第四方物流市场为平台的物流企业发展。面对第四方物流市场正在成为现代物流业信息集散地，宁波数千家物流企业如何跳出传统物流模式，抓住机遇，全面迈向现代物流业，物流信息系统将得到效益最大化利用。

2. 运输专业知识

运输是物流的核心业务之一，也是物流系统的一个重要功能。综合性物流企业所从事的业务通常要涉及多种运输方式和手段，多式联运的执行水平也是衡量企业综合能力的指标之一。在一单业务中，可能要涉及海运、空运、铁路和公路运输等环节。因此，物流人才应该了解选择何种运输手段对于物流效率具有十分重要的意义。他们必须熟悉运输机具的服务特性，例如：运费，运输时间和频度，运输能力，货物的安全性，时间的准确性、适用性、伸缩性等，同时了解作为组织物流系统运行的基础物质条件，包括物流设施，包括物流站、场，物流中心、仓库，物流线路，建筑、公路、铁路、港口等，只有这样才能够权衡运输系统要求的运输服务和运输成本，才能够设计出切实可行、安全快速、经济有效的运输方案，为服务需求方提供合适的物流服务。

3. 仓储专业知识

在物流系统中，仓储和运输是同样重要的构成因素。仓储功能包括对进入物流系统的货物进行堆存、管理、保管、保养、维护等一系列活动。因此，物流人才应该了解

仓储的作用，即：一是完好地保证货物的使用价值和价值；二是为将货物配送给用户，在物流中心进行必要的加工活动而进行的保存。随着经济的发展，物流由少品种、大批量物流进入到多品种、小批量或多批次、小批量物流时代，仓储功能从重视保管效率逐渐变为重视如何才能顺利地进行发货和配送作业。流通仓库作为物流仓储功能的服务据点，在流通作业中发挥着重要的作用，它不再以储存保管为其主要目的，还需要担负起作业流程优化、硬件设施设备有效利用、库存合理控制以及其他增值服务职能。

4. 国际贸易实务和国际结算知识

国际贸易包括国际采购和国际结算等。物流是商流的载体，物流活动是贸易活动的货物交付过程。目前，国内市场和国际市场的融合程度日益紧密，大批外资企业被"请进来"，国内企业也"走出去"了。因此，提供综合性物流服务的企业已成为一个采购和供给双方的货物交接和结算点，多家供货商通过物流企业向采购方供货，并通过物流企业向采购方结算，物流人才也就需要掌握相关的国际贸易、国际结算知识以及国家对外汇管理的有关法律、法规。

5. 报关与报检知识

国际贸易活动必然要涉及通关作业。通关环节的相关政策和法规对物流方案的设计和物流流程的制定具有重要的影响。例如：贸易性质是一般贸易下的出口还是进口，是来料加工还是进料加工，是否涉及退税，报关方式是进口保税、出口监管还是转关运输，以及在通关环节可能要产生的各种费用等。另外，为保证物流作业的有效执行，同时避免给物流企业和货物的买卖双方带来经济损失和信誉影响，报检知识也是通关业务人员必须掌握的知识。

6. 国际商法知识

物流业是一个服务行业，物流企业的运作不仅是企业内部的行为，而且是涉及多个企业之间的经济行为，任何一种物流服务都是用合同形式表现出来的承诺。物流服务供求双方的合同通常是以书面形式明确双方权利和义务的法律文书，受国家法律保护和约束。物流人才必须具备一定的法律知识，了解国家有关物流行业的法律、法规，并在签订合同的时候灵活准确地运用这些知识，例如：经济法、海关法、合同法、公司法以及国际法等。

7. 财务管理知识

物流服务往往涉及多个作业环节，发生各种不同类型的费用，有些是物流企业的成本，有些是外部发生的费用。例如：在运输作业过程中出现的费用类型有停车费、路桥费、保险费、报关费、检验检疫费、海关查车费、订仓费、提货费等。在物流服务营销的过程中，业务人员不仅要了解作业费用发生的原因、种类和数量等情况，而且要具有进行作业成本分析的能力。针对一个物流方案，成本分析包括分析企业需要外包的业务类型、业务量、向分包方支付项目、支付数额，企业内部需要投入的资

源、执行该项物流服务资源的消耗和占用状况以及资产的折旧、运作成本等。只有通过细致的成本核算，才能最后向客户提出有针对性和说服力、客户易于接受的合理的解决方案。

8. 外贸英语知识

在国际贸易活动中，外语的应用频率越来越高，特别是英语作为国际商务通用语言的地位已毋庸置疑。随着商流活动区域的国际化，外贸英语也被广泛应用在物流活动中的各个领域，从商务谈判、合同签订到日常沟通、单据书写等各个环节都会用到英语。物流人才不但需要熟练使用英语与客户进行口头和书面的沟通，还要具备草拟和设计英文合同的能力。

9. 安全管理知识

一般情况下，物流企业既不是买方，也不是卖方，而是买方或者卖方委托执行的货物代理人，接受买方或者卖方的委托，按照委托方的要求执行物流作业（图11-7）。在作业过程中，如果管理不善，安全隐患无处不在。若发生安全事故，必然会影响买卖双方之间合同的顺利执行，影响到买卖双方的利益。例如：货物保管涉及防火、防潮、防盗、防虫、防霉变、防静电、防粉尘、防污染、防风、防雨、防雷电、温湿度控制

图11-7 集装箱作业

等，任何一方面出现失误都将可能导致安全事故，比如货物损坏或丢失，造成的损失将不仅限于货物等价赔偿的范围。由于物流企业处于供应链的中间环节，事故的影响将蔓延到企业的上下游各个环节，引起交货延迟、船期航班延误、人员加班、生产线停产等一连串的问题，一个看似很小的事故最终造成的损失将无法估量。

二、物流从业人员应具备的九大基本素质

1. 接受环境挑战的意识

物流作为一种产业，是由无数个与货物打交道的企业所构成的。物流一线操作涉及的内容一般包括原材料和产品的储存、装卸、包装、运输、配送。物流操作现场大多在城市边缘的车站、机场、港口、码头附近，少有现代都市的生活气息和繁华；车队、库房大多比较简陋，不少是露天堆场。作业时蚊叮虫咬、风吹雨打，夏天太阳晒，冬天寒风刮是常有的事，与大都市写字楼的工作条件相差甚远。简陋的条件和环境是横在城镇就业者面前一道难以迈过的坎儿。到物流一线就业首先就要战胜自我，从想象的那种坐在电脑前打打单证、坐在会客厅里洽谈业务的境界中摆脱出来，面对现实，勇敢地接受条件和环境的挑战，克服困难，脚踏实地，经受住

艰苦环境的考验。

2. 作业风险防范意识

　　物流一线作业，就是接受客户、货主的委托，通过储存、装卸、包装、运输、配送等环节的操作，实现对客户、货主的承诺。客户、货主委托作业的商品都是有价值的实物，有的还十分昂贵，一铲一托、一包一箱就是成千上万的价值。物流作业现场不测因素多，极易发生差错、质变、溢缺、破损、丢失等事故，无论发生何种事故，低廉的服务费用是远远抵偿不了巨大的经济和信誉损失。物流作业绝不是有些人认为的收收发发、搬搬运运的简单劳动，而是一种风险大，关系到客户、货主、企业、个人切身利益的业态。走上物流一线作业岗位，必须熟悉商品，严格遵守操作

图11-8　仓储作业人员在清点货物

规则，坚守岗位，精力集中，尽心尽责，杜绝差错和各类事故的发生（图11-8）。

3. 吃苦耐劳的精神

　　随着经济的全球化，国际竞争国内化、国内竞争国际化的趋势越来越明显，市场需求日益朝着多品种、少批次、周期短、流速快的方向发展。客户、货主对物流服务的要求也趋向于高质量、快节奏，用以提高企业的竞争力。从这一意义上讲，速度就是优势。因此，许多物流一线的理货员既当收货员，又当发货员，同时又是统计员，车连轴转，长途运输司机常常顾不上吃饭睡觉，大家都在抢时间、争速度。与传统仓库、车队的朝南坐、慢节奏相比，劳动强度、苦累程度不可同日而语。由此可见，有无吃苦耐劳的精神，是物流一线员工能否胜任本职的关键。

4. 自我保护意识

　　物流一线作业员工整天同装卸设备、运输车辆和货物打交道，极易发生翻车、货垛倒塌、机具碰撞、火灾、中毒等事故，轻则致人伤残，重则人命关天。作为企业要把一线员工的人身安全放在高于一切的位置，采取切实可行的防范措施，同时购买人身、设备和货物保险。作为一线操作员工，既不能人人自危，临场胆怯，更不能掉以轻心，盲目乱干。只要心中时刻想着安全，处处小心防范，严格遵守规章制度和操作规程，各类事故都是可以避免的，人身安全就有了保证。

5. 保持平常心和宽容心

　　在物流市场，客户、货主是上帝，他们在业务外包和服务价格上握有主导权，对物流协作单位有取舍的权力。他们中有的以救世主自居，随时发号施令，更改和增加服务内容，有的无理指责、刁难、侮辱和投诉物流一线作业员工，如果抗争吃亏的总是物流

员工。不少一线操作员工觉得低人一等，常常感到窝火和委屈。企业领导经常与客户、货主加强沟通，增进双方的理解和友谊是重要的，更重要的是员工自己要保持一颗平常心和宽容心，能作出说明的，要以正当的理由作出委婉的解释，无法解释的请求上司出面协调。但无论如何都要按照作业要求，确保服务质量，以此赢得客户、货主的尊重与理解。

6. 能承受巨大寂寞压力

物流一线一般是指仓库、码头、堆场、机场。作业人员整天与货物打交道，点数量、记数字，有时见物不见人，连个说话的人也没有。年轻人很难耐得住寂寞，有的借故串岗、离岗。这样很难不造成差错和事故，这种现象多了，工作岗位就难保。不少物流企业的年轻员工就是因为耐不住寂寞，擅离职守，造成差错，造成损失而被辞退的。选择物流就业，就要了解这一特点，就要有足够的思想准备，该玩的时候就玩，该放松的时候就放松。但到了工作岗位上，就要专心，坚守岗位，聚精会神，把件数点清，把数字记清。为企业尽责，向客户负责，也向自己负责。

7. 处理好人际关系

物流一线，是中低端的服务场所，表面上看，紧紧张张，忙忙碌碌，其实人际关系也同样复杂。表现在工作上干多点少点斤斤计较，厚此薄彼感情用事，说三道四搬弄是非，成团成伙关系庸俗，仗义执言遭受非议，出了差错扯皮推诿。这些问题，如果没有正确认识、正确的态度和方法，很容易把关系弄得复杂化，从而影响到心情和工作。正确的态度和方法是，少说多干，少参与是是非非的议论，有了瓜葛牵扯就及时说明情况，消除误会和隔阂，必要时直接与上司沟通，争取理解和支持。一句话，就是要把主要的精力用在业务知识的钻研和做好本职工作上，这才是最重要的。

8. 扎扎实实打基础

近几年来，物流人才的需求成了大热门，几十万年薪的待遇很吸引人。何谓物流人才？一般应是有大专以上学历，有物流供应链上某一环节或多个环节的操作经历，有较强的系统设计、信息处理、客户服务、资源整合和市场开拓能力，有良好的经营管理业绩者。是不是物流人才，不单要有学历和专业知识，更要有丰富的实践经验和出众经营管理业绩，也就是说，物流人才是在实践中锻炼成长起来的。物流一线作业是物流人才的成长基地，要成为物流人才，就得从一线干起，在一线增长才干。一线的基础夯实了，才有开拓的思路，创新的举措，才能显示出过人的才华，创造出骄人的业绩，一步一个脚印地迈入人才的坦途。

9. 学会一专多能

物流行业竞争激烈，生意难做，分工太细，用人太多，会加大企业的成本支出。因此，企业领导，人事经理不得不在用人成本上动脑筋，做文章，想办法。一个人能干几个人的工作，一专多能的操作工当然是企业的首选。现在，复合型的操作工，业务员已经成为物流用工的趋势。写字楼里的白领，不管是做进口还是出口的，不论是做海运还是做空运的，都应当会报关、报检、报验，还要会上下游和相关岗位的操作，那就显示出了价值。连最简单的仓库工作也是这样，过去的工作分工很细，管收货的不管出货，管备货的不管保管。还有运输的驾驶员与交单、送货、搬运是两码事。现在就不一样了，要求一个人熟悉、会做、能做几个人的活儿。因此，从业人员必须刻苦学习，掌握多项本领，这样的人企业才欢迎，才能发挥大的作用。

三、物流行业职业资格证书

物流行业职业资格鉴定项目如表11-1所示。

表11-1 物流行业职业资格鉴定项目列表

项目系列	项目名称	适用专业和范围
商务单证员系列	商务单证员	外语类、国际贸易、商学类专业或爱好者
	高级商务单证员	
跟单员系列	跟单员	外语类、国际贸易、管理类专业或爱好者，指导、监督货物按合约执行情况
	高级跟单员	
货运代理师系列	货运代理员	物流管理、工商管理、人力资源管理、市场营销等专业或爱好者，工作范围是在国际贸易交往中接受货主委托，组织、实施和协调公路、铁路、海路、航空等运输过程，办理有关货物报关、交接、仓储、调拨、检验、包装、转运、定车皮、租船、定舱等业务的人员以及准备从事上述经济活动的人员
	高级货运代理员	
	助理国际货运代理师	
	国际货运代理师	
	高级国际货运代理师	
物流师	物流员	物流管理类专业，在生产流通领域中从事与运输、仓储、装卸、搬运、包装、配送、信息和服务等物流活动相关的管理人员
	助理物流师	
	物流师	
	高级物流师	
采购管理师	采购管理员	营销类、管理类、法学、贸易类专业，使命与职责就是执行公司整体采购策略，与采购商建立良好关系，实施采购，确保以最低的采购成本，及时满足生产的需求
	高级采购管理员	
	助理采购管理师	
	采购管理师	
	高级采购管理师	

续表

项目系列	项目名称	适用专业和范围
通关	报检员	在外贸企业、代理报检企业等企业和机构中专业从事出入境检验检疫报检业务的人员
	报关员	经海关注册，代表所属企业向海关办理进出口货物报关纳税等事务的人员
仓储	仓库保管员	在仓库、配送中心从事物资进、出、存管理的相关人员
	理货员	在仓库、配送中心、卖场等从事货物收发、整理等相关人员
	叉车操作证书	从事企业叉车操作的工作人员

1. 国际贸易单证员证书

单证员的工作就是负责国际贸易中运输、海关、商检等环节各种单证的管理和操作。

（1）主考机构：宁波市对外经济贸易教育培训中心。

（2）证书性质：宁波地区国际贸易单证从业人员岗位资格考试。

（3）报考条件：具有高中以上学历。

（4）考试时间：一般安排在培训结束后。

（5）考试内容：该考试包括国际贸易单证操作实务、外经贸英语函电等部分，其中国际贸易单证操作实务又包含国际贸易实务和单证操作实务两部分。

（6）证书效用：考试合格者可获得由宁波市对外经济贸易教育培训中心颁发的《国际贸易单证员证书》，可作为上岗凭证。

（7）点评：在国际贸易实施过程中，合同、定单、报关、报检、运输、仓储、银行、保险等各个环节，无一不是通过各种单据凭证来维持。因此，外贸企业对单证员的需求较大，据预测，未来5年，宁波单证员缺口在2万左右。由于单证员操作技能的高低直接关系到外贸业务结汇的时效和成败，从业要求较高，而宁波现有的8多万名从业人员中，持专业证书的不到30%。因此，具有单证员证书者成为就业市场上的"抢手货"，月薪一般在3000元左右。此外，国际贸易单证操作技能是每个从事外贸业务工作者必备的基本功，大学生进入外贸、外资企业从事外贸工作，一般都从单证操作员做起，因此，求职前最好先考张单证员证书。

2. 国际货运代理员证书

国际货运代理员的工作是接受进出口货物发货人、收货人的委托，为其办理国际货物运输及相关业务。

（1）主考机构：国家商务部。

（2）考试性质：国家货代从业人员岗位资格考试。

（3）报考条件：具有高中以上学历，有一定的国际货运代理实践经验，或已接受国际货运代理业务培训的人员。

（4）考试时间：每年9月份。

（5）报名时间：每年五~六月份。

（6）考试内容：考试包括国际货代业务和国际货代专业英语两部分，其中国际货代业务包含国际货运代理基础知识、国际海上货运代理理论与实务、国际航空货运代理理论与实务、国际多式联运与现代物流理论与实务等内容。

（7）证书效用：考试合格者可获得由国家商务部颁发的《国际货运代理从业人员资格证书》，全国通用，有效期为5年。

（8）点评：宁波现有货代企业500多家，随着宁波加紧建设宁波-舟山深水港，力争在五年内成为全球第三大集装箱港，货代业的发展前景广阔，货代企业数量将快速增加，对专业人才的需求也将水涨船高。根据国家外经贸部的有关计划，为规范国际货运代理行业的操作流程和提高从业人员业务水平。对现从事货代工作者来说，要想保住饭碗，必须考张国际货运代理员证书；而对打算进入这一领域的人士来说，该证书更是入行的"敲门砖"。

3. 报关员资格证书

报关员是指经海关注册，代表所属企业向海关办理进出口货物报关纳税等事务的人员。

（1）主考机构：国家海关总署。

（2）考试性质：国家报关从业人员岗位资格考试。

（3）报考条件：具有高中或中专及以上学历。

（4）考试时间：每年6月份。

（5）报名时间：每年3月份。

（6）考试内容：海关报关实务、国际贸易实务、实用报关英语。

（7）证书效用：考试合格者可获得国家海关总署颁发的《报关员资格证书》，该证书在全国范围内有效，有效期为3年。

（8）点评：我国进出口贸易的快速发展，为报关从业人员提供了巨大的就业空间。据相关行业协会推测，未来几年内，就业市场对报关员的需求将有数十倍的增长。为维护我国对外贸易的正常秩序，保证海关监管任务的完成，国家对报关从业人员有准入资格条件限制。因此，要成为报关员，须先过考试关。据了解，报关员资格考试难度较大，全国的平均考试合格率仅为12%。宁波地区为12%。物以稀为贵，因此报关员证书的含金量相当高。

4. 报检员资格证书

报检员是指在外贸企业、代理报检企业等企业和机构中专业从事出入境检验检疫报检业务的人员。

（1）主考机构：国家质量监督检验检疫总局。

（2）考试性质：国家报检从业人员岗位资格考试。

（3）报考条件：具有高中或中专以上学历，同时具有一定的英语基础。

（4）考试时间：每年5月和11月。

（5）报名时间：考试前1个月。

（6）考试内容：检验检疫有关法律、报检业务基础、基础英语知识。

（7）证书效用：考试合格者可获得国家质量监督检验检疫总局颁发的《报检员资格证书》，该证书全国通用，是从事报检工作的上岗证明。

（8）点评：最近几年，宁波的外贸业务量飞速增长，每年的报检货物量已达到40多万批。随着外贸量的骤增，对持证报检员的需求不断增大。据了解，目前宁波地区从事报检业务的企业已达数百家，对报检员的需求接近5000名。虽然报检员的职业前景大好，但进入门槛较高。根据国家质量监督检验检疫总局有关规定，未获得报检员资格证书的人员不得从事报检业务。因此，今后要想捧报检员的"饭碗"，必须先参加专业考试。

5. 物流师证书

（1）在生产、流通和服务领域中从事采购、储运、配送、货运代理、信息服务等操作和管理的人员。

① 主考机构：国家劳动和社会保障部（也有中国物流与联合采购协会发证，属非官方证书）。

② 考试性质：物流从业人员资格证书。

③ 职业等级：本职业共分四个等级，分别为物流员（国家职业资格四级）、助理物流师（国家职业资格三级）、物流师（国家职业资格二级）、高级物流师（国家职业资格一级）。

④ 报考条件：根据不同等级，要求不同。

（2）物流员（国家职业资格四级）具备以下条件之一者，均可申报：

① 具有高中毕业（或同等学历），经本职业物流员正规培训达到标准规定学时数，并取得毕业（结）证书者。

② 中等职业学校相关专业毕业班学员，经本职业物流员正规培训达到标准规定学时数，并取得毕业（结）证书者。

③ 高中毕业（或同等学历），从事本职业工作4年以上者。

④ 具有初中以上学历，连续从事本职业工作5年以上的物流企业职工，经本职业物流员正规培训达到标准规定学时数，并取得毕业（结）证书者。

（3）助理物流师（国家职业资格三级）具备以下条件之一者，均可申报：

① 高级技工学校、大专相关专业毕业班学员，经本职业助理物流师正规培训达到标准规定学时数，并取得毕业（结）证书者。

② 高级技工学校、大专相关专业毕业，从事本职业工作1年以上者。

③ 大学本科相关专业毕业班学员。

④ 取得本职业物流员职业资格证书后，连续从事本职业工作3年以上者；或高中毕业（含同等学历），连续从事本职业工作7年以上的物流企业职工。

⑤ 取得本职业物流员职业资格证书或相关职业资格四级证书后，连续从事本职业

工作两年以上，经本职业助理物流师正规培训达到标准规定学时数，并取得毕业（结）证书者。

（4）物流师（国家职业资格二级）具备以下条件之一者，均可申报：

① 取得本职业助理物流师资格证书后，连续从事本职业工作4年以上，经本职业物流师正规培训达到标准规定学时数，并取得毕业（结）证书者。

② 取得本职业助理物流师资格证书后，连续从事本职业工作6年以上。

③ 具有相关专业大专、高级技校以上学历，取得本职业助理物流师资格证书后，连续从事本职业工作3年以上，或从事本职业工作两年以上经本职业物流师正规培训达到标准规定学时数，并取得毕业（结）证书者。

④ 具有大专、高级技校以上学历，连续从事本职业工作6年以上，经本职业物流师正规培训达到标准规定学时数，并取得毕业（结）证书者。

⑤ 具有相关专业大专、高级技校以上学历，连续从事本职业工作5年以上，担任物流企业中层管理人员1年以上，经本职业物流师正规培训达到标准规定学时数，并取得毕业（结）证书者。

⑥ 大学本科以上相关专业学历，连续从事本职业工作3年以上，经本职业物流师正规培训达到标准规定学时数，并取得毕业（结）证书者。

⑦ 大学本科以上相关专业学历，连续从事本职业工作 5 年以上。

⑧ 取得相关专业硕士学位，从事本职业工作 1 年以上。

⑨ 具有高中、中专以上学历，连续从事本职业工作 12 年以上的物流企业职工，在试点期间经本职业物流师正规培训达到标准规定学时数，并取得毕业（结）证书者。

（5）高级物流师（国家职业资格一级）凡具备以下条件之一者，均可申报：

① 取得物流师职业资格证书后，从事本职业工作3年以上，经高级物流师正规培训达到规定标准学时数，并取得毕（结）业证书者。

② 具有博士学位（含同等学历），从事本职业工作3年以上，经高级物流师正规培训达到规定标准学时数，并取得毕（结）业证书者。

③ 具有硕士学位（含同等学历），从事本职业工作6年以上，经高级物流师正规培训达到规定标准学时数，并取得毕（结）业证书者。

④ 具有学士学位（含同等学历），从事本职业工作9年以上，经高级物流师正规培训达到规定标准学时数，并取得毕（结）业证书者。

⑤ 考试时间：每年5月、11月份。

⑥ 考试内容：物流员与助理物流师分为理论知识考试和技能操作考核。理论知识考试采用闭卷方式，技能操作考核采用现场实际操作或模拟方式。理论知识考试和技能操作考核均实行百分制，成绩皆达60分以上者为合格。物流师和高级物流师除需进行理论知识考试、技能考试（案例分析）与论文答辩外，还需进行综合评审。（另需对物流师和高级物流师论文提出具体要求）

6. 其他证书

如果你感兴趣，请到网上查找相关信息。

想一想

从现在开始你打算如何在专业学习和自身素养上提高自己，从而使自己成为一名合格的物流从业人员？

做一做

根据本篇的内容为自己将来的职业发展作一份职业规划书。

回眸一瞥

快照浏览

宁波相关学校在物流人才培养方面的措施	物流从业人员的基本素质

清点收获

小组			成员姓名			
评价内容	项　　目	分值	自评30%	组评40%	师评30%	合计100%
	参与讨论的积极性	20				
	语言表达能力	20				
	发言及辩论的深度和广度	20				
	沟通能力	20				
	专业知识点掌握情况	20				
合　　计		100				

晨思暮问

（1）你能成为一名适应现代物流企业的物流人才吗？

（2）通过这几年的学习，你能够获得相关的职业资格证书吗？

参考文献

1. 浙江在线新闻网 http://www.zjol.com.cn/.

2. 中国海运网 http://www.cnhaiyun.com/Info/20070112/20071121015104956.aspx.

3. 宁波政府网 http://www.ningbo.gov.cn/.

4. 第四方物流市场 http://www.4plmarket.com/.

5. 吴清一. 物流基础. 北京：清华大学出版社，2000

6. 门峰. 现代物流概论. 上海：上海财经大学出版社，2003

7. 岳正华. 现代物流概论. 北京：中国财政经济出版社，2003

8. 周启蕾. 物流学概论. 北京：清华大学出版社，2005

9. 赵一飞. 现代物流. 上海交通大学讲义，2004

10. [日]菊池康也. 物流管理. 丁立言译. 北京：清华大学出版社，1999

11. 何明珂等. 国家技术监督局发布. 中华人民共和国国家标准·物流术语（GB/T 18354—2001）. 北京：中国标准出版社，2002

12. 马士华，林勇. 供应链管理. 北京：机械工业出版社，2000